「……お前たちは、私の宝だ。
なににも代えがたい、……なによりも大切な宝だ」
（本文より）

BBN
B●BOY NOVELS

白狼王の幸妃《こうひ》

櫛野ゆい
イラスト／葛西リカコ

この物語はフィクションであり、実際の人物・団体・事件等とは、一切関係ありません。

CONTENTS

白狼王の幸妃《こうひ》

むかしむかし、天の大神さまが、にんげんの巫女に恋をしました。

うつくしいその巫女は、ふしぎな力と、きよらかな心のもちぬしでした。

大神さまは、はくぎんのオオカミとなって地上におり、巫女にきゅうこんしました。

オオカミに恋した巫女のひとみには月がやどり、やがてふたりはむすばれました。

ふたりのあいだにうまれた子どもは、ひとの体にオオカミの頭をした、けだかい獣神でした。

獣神は、神さまの血と力をうけついでいました。

あらしをおさめ、かみなりをせいし、ほのおをしずめる力でひとびとをすくった獣神は、やがて王となり、トゥルクードをきずきあげました。

うつくしくゆたかなトゥルクードを愛した神々は、ひゃくねんにいちど、巫女とおなじ力をもつ神子をつかわすことにしました。

こうしてトゥルクードは神にやくそくされた地となり、オオカミ王の血と力は、いまもたえることなくうけつがれているのです――。

ほのかな月明かりの差し込む窓辺で、更紗《さらさ》のカーテンがふわりと揺れる。

頬を撫でる涼やかな夜風に目を細めながら、アディヤは天蓋《てんがい》付きの寝台に寝そべり、絵本のページをめくった。

「大神さまは、はくぎんのオオカミとなって地上におり、巫女にきゅうこんしました」

開いたそのページの真ん中には、白銀に輝く大きな狼《おおかみ》と、一人の少女が見つめ合う様子が描かれている。深い森を包み込むような濃紺の夜空からは無数の流れ星が降り注いでおり、その一瞬の煌《きら》めきが傍《かたわ》らの泉にも映り込んでいた。

と、その大きな狼を、小さな指がそっと差す。

「……オオカミさん、ちちうえとおんなじ」

鈴を転がすような、舌たらずな声。

繊細な刺繡《ししゅう》が施されたクッションに身を預けて絵本を覗《のぞ》き込んでいたアディヤは、すぐそばで上がったその声の主《ぬし》を見やって微笑んだ。

「そうだね。大神様は父上と同じ、真っ白な狼さんだったんだね」

「おめめも、きんいろしてる」

やわらかなランプの灯《あか》りに、きらきらと瞳を輝かせながらそう言うその子供は、普通の子供とは少し異なる外見をしている。顔や手足こそ人間そのものだが、その全身はふわふわとした真っ白な獣毛に覆われており、頭には狼の耳、お尻には尻尾と、まるで着ぐるみを着ているような見た目をしているのだ。

銀の髪に紺碧《こんぺき》の瞳をしたその幼子《おさなご》は、もうすぐ三歳になるルトヴィク——、トゥルクード国王であるウルスとアディヤの息子だった。

最愛の人と同じ、星の光を紡《つむ》いだようなサラサラとしたその銀の髪を撫でながら、アディヤはじっと絵本を見つめるルトに頷《うなず》く。

「うん。お目々もウルスと同じ金色だ。お月様みたいで綺麗《きれい》だね」

（トゥルクードを照らす夜半《よわ》の月は狼の眼差《まなざ》し……）

この国に旧くから伝わる詩の一節は、きっとこの大神の瞳を謳《うた》ったものなのだろう。大神と同じ金色の瞳は、百年に一度現れる神子《みこ》と結ばれる運命の王にしか現れない。

窓から見える、絵本とそっくり同じ真円《しんえん》の満月に、伴侶であるウルスの眼差しを思い出しつつ、アディヤはお話の続きを読んだ。

「オオカミに恋した巫女のひとみには月がやどり、やがてふたりは……」

アディヤがトゥルクードの現国王、ウルスの正妃となって、四年の月日が流れた。

隣国イルファーンの出身であり、なんの地位も後ろ盾《だて》もない、しかも男の身であるアディヤが王妃となったのには理由がある。それはひとえに、アディヤがトゥルクードの伝承にある、百年に一度現れるという神子だからだ。

アディヤが今、ルトに読んでいるこの絵本は、トゥルクードに旧くから伝わる伝承を子供向けに簡略化したものだ。建国の物語でもあるこの伝承は、単なる御伽噺《おとぎばなし》と思われがちだが、実はすべて真実を語っている。

神の血を引くトゥルクードの王族は、狼の獣人である。

獣人とは、その字が示す通り、人と獣が混ざり合ったような姿をした人のことだ。首から下は常人と同じ体つきだが人間離れした逞《たくま》しさで、その全身は被毛に覆われている。頭部は獣そのもので、鋭い牙《きば》や爪を有し、腰には尻尾もある。人の姿をとることもできるが、それはあくまでも仮の姿で、獣人の姿が本来のものだ。

神の血と力を受け継いでいる獣人は、屈強な体軀《たいく》の他にも鋭い五感、そして自然を操《あやつ》る不思議な力を持っている。その力は神通力《じんつうりき》と呼ばれ、始祖である狼王と同じ白銀の被毛を持つウルスは、古《いにしえ》の神の再来と讃《たた》えられるほど強い力の持ち主だ。

幼い頃から次の神子との婚姻を嘱望《しょくぼう》されてきたウルスは、行方不明だった父を探しにイルファーンからトゥルクードにやってきたアディヤを一目見た途端《とたん》、アディヤこそが待ち焦《こ》がれていた神子であると気づいた。

神子の清らかな魂からは、大神と巫女が出会った聖なる泉と同じ匂いが発せられている。人間には分からないが、嗅覚《きゅうかく》の優れている獣人にはその特別な匂いが分かるのだ。

アディヤは、やわらかな黒髪と白磁のような肌、黒みがかった深い紺碧の瞳をしている。イルファーン人には珍しいその肌と瞳は、十年前に亡くなった母譲《ゆず》りのものだ。

アディヤの母は、トゥルクードの大神殿に仕《つか》える巫女でありながら、イルファーン人である父と駆け落ちした。四方を霊山に囲まれたトゥルクードは、長年他国との交流を拒《こば》んでおり、外国人との婚姻が認められなかったのだ。巫女を母に持つアディヤは、自分自身ではまったく気づいていなかったものの、実はトゥルクードの伝承の神子だったのだ。

国のためにと強引に契《ちぎ》りを結ばされ、反発して逃げ出したことも、獣人の恐ろしい容貌に怯《おび》えたこともあったが、ウルスの不器用な優しさに触れ、民を第一に考えて政《まつりごと》を進める姿を知ったアディヤは、次第に彼に惹かれていった。

永年《ながねん》のしきたりにより、獣人の姿を国民の前にさらけ出すことができなかったウルスも、今は王族が獣人であることを公《おおやけ》にし、近隣諸国とも少しずつ国交を結び始めている。

神秘の国トゥルクードは今や、人ならざる獣人の王が治める豊かな国として、諸外国に知られるようになっていた。

「こうしてトゥルクードは、神にやくそくされた地となり……」

最後のページの文章を読み上げていたアディヤは、そこで傍らからすうすうと小さな寝息が上がっていることに気づく。

「……もう寝ちゃった」

クッションを抱きしめ、あどけない顔で眠る我が子にくすくすと笑みを零《こぼ》して、アディヤは絵本を閉じた。立ち上がって窓を閉め、ルトの肩までしっかり掛け布団をかける。

(可愛い顔して……。今日はどんな夢を見てるのかな?)

ふくふくした頬をじっと見つめながら、アディヤはルトの髪をそっと撫でた。

三年半前、アディヤは男の身でありながら、ルトを身ごもった。強い力を持つウルスの精を直接身に受け続けたことで、アディヤの体が変化したのではないかというのが、王室付きの医師の見立てだった。

だが、トゥルクードの長い歴史上、男の神子という前例はあっても、その神子が妊娠したという記録はない。当然アディヤも、まさか自分が子供を産むことになるなんて考えてもいなかったため、妊娠が分かった当初は相当混乱し、怯えてしまった。

ウルスとの子供を授《さず》かったことは、嬉しい。けれど、ちゃんと育つのだろうか。

自分はちゃんとこの子を産めるのだろうかと不安に苛《さいな》まれるアディヤを支えてくれたのは、夫であるウルスその人だった。

『お前も、お腹の子も、私がきっと守ってみせる。だから、私の子供を産んでくれ』

その言葉通り、ウルスはトゥルクードの危機を救い、アディヤを守ってくれた。苦難を乗り越えて授かった我が子は、二人にとってなににも代えがたい宝物だ。

ウルスと同じ、白銀の被毛の獣人として生を受けたルトは、まだ力が安定していないため、着ぐるみを着た人間の子供のような見た目をしている。もう少し成長すれば、自分の力で獣人の姿にも人間の姿にも、自在に姿を変えられるようになるらしい。

(ウルスが子供の時もこんな感じだったのかな……)

近年までずっと、王族は決められた儀式以外で民に姿を晒《さら》すことは禁じられていたため、ウルスの幼い頃の姿絵などは一枚も残っていない。しかし、彼の乳母だった侍女長によると、幼少期のウルスの姿形はルトとそっくりだったという話だ。

だがその性格は、引っ込み思案で大人しいルトとは正反対の利発《りはつ》なしっかり者で、周囲の大人も舌を巻くほどの洞察力だったらしい。

早くに両親と死別し、少年王となったウルスは、一体どんな子供時代を過ごしたのだろうか。思いを馳《は》せながらルトの頭を撫でていると、むにゃ、とルトが寝返りを打った。

「ディディ……」

ディディというのは、アディヤの故郷、イルファーンで幼い子供が父親を呼ぶ時の愛称だ。ウルスとアディヤの二人ともが『父上』ではルトが混乱するだろうと、アディヤは自分のことをディディと呼ぶよう、ルトに教えていた。

寝言で自分を呼ぶルトに目を細め、アディヤは身を屈《かが》めて囁いた。

「……おやすみ、ルト。また明日」

小さな額にキスを落とし、ランプの灯《あかり》を細くしてから部屋を出る。と、その時、廊下の向こうから声がかけられた。

「アディヤ」

夜の静寂のように深みのある、低く艶《つや》やかな声。

屈強なその体軀は、月の光を弾くような美しい白銀の被毛に覆われている。袖口や襟《えり》に銀糸で刺繍が施された漆黒の長衣から覗く大きな手には、黒く鋭い爪。大きな口からは硬く尖った牙が覗き、せり出した鼻は黒く湿っている。

その黄金の瞳は、まるで夜空に浮かぶ満月のようにやわらかく輝いていて——。

唯一無二の伴侶である白狼の獣人王、ウルス・ハン・トゥルクードを見上げて、アディヤはパッと微笑みを浮かべた。

「ウルス。政務が終わったんですか?」

この日、ウルスは夕食の後、まだ確認しなければならない書類が残っており、執務室に戻っていた。そちらはもういいのだろうかと聞いたアディヤに、ウルスが頷く。

「ああ。ルトにおやすみを言いに来たのだが……」

「それならちょっと遅かったです」

ほら、と開けたままだった扉の中を示すアディヤに、ウルスが歩み寄ってくる。寝台で眠る我が子を見やったウルスの瞳が、やわらかく細められた。

「……ああ。もう寝てしまったか」

「絵本を読んであげたら、すぐに寝ちゃいました。ルトの寝つきのよさは、赤ちゃんの頃から変わらないですね」

くすくす笑うアディヤに頷いたウルスが、ルトに向かって低く優しい声でおやすみ、と呟《つぶや》く。

扉を閉めたウルスは、少し身を屈めるとひょいとアディヤを片腕に抱き上げた。シャララ、とウルスがいつも身につけている銀の腕輪が軽やかな音を立てる。

「……っ」

突然抱き上げられたアディヤは、小さく息を呑《の》み、慌ててウルスの首元にしがみついた。雪原《せつげん》のような白銀の豊かな被毛に、ふかっとアディヤの手が埋もれる。

「もう……、降ろして下さい、ウルス」

「ならぬ」

「ならぬって……。……ウルス」

深い森に似た、野性的で気高い香りに包まれながらも、アディヤはウルスを視線で咎《とが》めた。

いくら人目がないとはいえ、アディヤももう二十歳で、子供もいるのだ。結ばれてすぐの頃ならまだしも、もう新婚でもないというのに、いつまでもこうして抱っこで運ばれるというのはどうなのか。

「自分で歩きますから……」

頬を赤らめたアディヤだったが、ウルスはそのまま廊下を歩き始める。

「同じ寝室に向かうのだ。私が運んだとて、なにも問題はあるまい。それに、近頃は忙しくて、我が妃を愛《め》でる時間も少なかったからな」

「……どこがですか」

確かに、最近のウルスは国内の政に加えて諸外国との外交問題にも直接対処しており、忙しいことこの上ない。

けれど、アディヤも日頃からその手伝いをしているし、なによりウルスの有能な腹心であるラシードが、家族の時間には影響しないよう最大限の配慮をしてくれていることもあって、今日のように夕食の後まで政務をこなすのは滅多《めった》にないことだった。

「食事やおやつの時間も、それに夕食の後の遊びの時間も、いつもゆっくりしているじゃないですか」

「……ルトも一緒にな」

豊かな尾を拗《す》ねたようにひと振りしてそう言う夫に、アディヤは呆気に取られてしまった。

「……息子ですよ？」

「だが、私よりもルトの方が、アディヤと共にいる時間が長い。息子でなければ、到底許しがたいことだ」

「……息子ですよ……」

同じ言葉を繰り返して、アディヤはため息をついた。

一分一秒でも長くアディヤと共にいたいと、いつも臆面《おくめん》もなくそう言うウルスだが、息子にまで張り合うというのはどうなのだろうか。ちょっと呆《あき》れてしまったアディヤだが、ウルスは至極《しごく》真剣な表情で続ける。

「せめて三人で一緒にいられるように、執務中もルトとアディヤを膝に乗せておこうとしても、ラシードの石頭めがいい加減にしろとしつこいしな」

「………………」

（すみません、ラシードさん……）

いらない苦労をかけている近衛《このえ》隊長に、アディヤは内心で謝った。

まだルトが生まれる前、ウルスは執務中もよくアディヤを膝に乗せて仕事をしていた。

そもそもそれは、アディヤがどうしているか気になって政務に集中できないウルスを見かねたラシードが、文鎮《ぶんちん》代わりにと冗談半分で言ったのがきっかけだったのだが、白狼の王はすっかりそれが気に入ってしまったらしい。

「ルトも遊びたい盛りですし、これからどんどん重くなるんですから、まとめて抱っこするのはもう諦めて下さい」

め、とルトがイタズラした時のように視線でたしなめたアディヤに、ウルスがしれっと言う。

「なにを言う。ルトの体重など、まだあってないようなものだし、そもそもアディヤが軽いのだから、二人一緒に抱き上げるのなどたやすいことだ。四年前から、まるで重さが変わっていないではないか」

「そんなことないです。背だって少しは伸びたし」

この国に来た時からわずかではあるが伸びた背を、背筋を伸ばして強調するアディヤにフッと笑みを浮かべて、ウルスがアディヤをからかう。

「知らぬのか？　背が伸びたというのに目方《めかた》が変わらないのは一体どういう手品だと、侍女たちがうらやましがっているらしいぞ。近頃では城下でも、王妃は年々美しくなっていくともっぱらの評判で、ルトとアディヤが一緒に描かれている絵葉書は市場で一番の人気だそうだ」

「……っ、そんなこと、どこで聞いてくるんですか？」

　頬を赤らめたアディヤに、ウルスが声を上げて愉快そうに笑う。

「先日市場を視察した際に、露店《ろてん》の店主から聞いた。あの市場には、ルトや育児院の子供たちを連れてよく行っているそうだな？」

　育児院というのは、王宮の一角に建てられた、王立の養護施設のことだ。ルトが生まれた後、アディヤは奥宮の近くに育児院を建てることをウルスに提案した。

　それまでは、王族が獣人であるという秘密が外部に漏れるのを防ぐため、王宮に出入りする人間を制限しなければならなかった。だが、ウルスを始めとした王族が獣人であることを公にしたため、その必要もなくなった。

　今後トゥルクードは開かれた国、開かれた王宮となっていく。ならば、民の助けとなるような施設をと願ったアディヤにウルスも賛同し、王立の育児院が設《もう》けられることとなった。

　院では様々な事情で孤児となった子供たちが年齢を問わず受け入れられ、アディヤもウルスの政務を手伝うようになったため、日中はよくルトを育児院に預けている。手が空いた時は子供たちを連れて王宮の外まで遠出することもあり、中でも市場は週に一度は訪れる場所だった。

「はい、ルトも子供たちも、あそこが大好きで……。ああ、そういえばこの間、市場でボールツォグが売られているのを初めて見ました」

ボールツォグはアディヤの故郷、イルファーンのお菓子だ。小さなドーナツのようなもので、アディヤの好物でもある。

「料理長もよく作ってくれますけど、いい匂いがしていて、つい買っちゃいました。帰ってきてから子供たちと皆で食べたんですけど、すぐになくなっちゃって、衛兵さんに追加を買いに走ってもらって」

思い出してくすくす笑ってしまったアディヤに、ウルスがその黄金の瞳をやわらかく細める。

「そうか。……美味《うま》かったか?」

「はい、とても」

頷くと、白狼の王がこめかみに鼻先を擦りつけてきた。

「ならば今度は私も一緒に行って、食べてみよう」

グルル、と低く喉を鳴らすウルスに、アディヤもはいと微笑みを浮かべた。


トゥルクードの王族が獣人であることを明かしたウルスは、積極的に諸外国と国交を結び、この国をより豊かに発展させようと尽力している。

以前はトゥルクードの市場では売られていなかったボールツォグが露店で売られるようになったのも、ウルスの政策が実を結び始めている証《あかし》だろう。城下の市場には外国からの商人が増え、古今東西の品が並ぶようになっており、その賑《にぎ》やかさは日に日に増していた。

「この間は市場でイルファーンの民族衣装も見かけたし、それから風景画もありました。今度一緒に行った時に、そのお店も案内しますね」

「ああ、頼む。……楽しみだな」

アディヤを片腕に抱いたまま、ウルスが寝室の扉を開ける。

子供部屋と色違いのカーテンが揺れる出窓の桟《さん》に腰かけたウルスは、そのまま膝の上にアディヤを座らせた。力強い腕にそっと抱きしめられたアディヤは、王の逞しい胸元にその背を預けて共に月を見上げる。

長年、王宮から滅多に外に出られなかったウルスも、今では獣人の姿のまま、よく視察に出かけるようになった。それは城下に限らずトゥルクード全土に及んでいて、最近ではアディヤとルトもそれに同行する機会が増えていた。

（……ウルスが姿を隠さずに済むようになって、本当によかった）

以前はアディヤが語るイルファーンの話を聞くことしかできなかったが、もしかしたらそのうちウルス自身がイルファーンを訪れる機会も巡《めぐ》ってくるかもしれない。その時には自分の故郷の街を案内できたらいいなと思いつつ、アディヤはウルスを振り返って言った。

「ウルス、今日も練習、見てもらえますか？」

「ああ、もちろんだ。……今日はこれがよかろう」

頷いたウルスが、手近な棚に置かれていたランプに手を伸ばす。白狼の手からそれを受け取って、アディヤは揺らめく小さな炎に片手をかざした。

神通力の覚醒《かくせい》が遅かったアディヤの力は、普段はほとんど眠っているような状態らしく、神子としての力を自在に操るまでには至っていない。

これまでに何度か、身の危険を感じた時などに爆発的な力を発揮することはあったけれど、ウルスのように力を加減して術を使うというのは難しく、アディヤはここのところウルスに頼んで、毎夜神通力の練習を重ねていた。

「……肩の力を抜け、アディヤ。心の声に耳を傾け、己の中を巡る血の力に集中しろ」

目を閉じたアディヤに、ウルスがそう囁きかけてくる。滴《したた》り落ちる蜜のように艶やかなその低い声に頷き返しながら、アディヤはとくとくと脈打つ自分の心臓の音に耳を澄ませた。

皮膚の下で、熱い血潮が流れているのを感じる。

アディヤはじっと目を瞑《つむ》ったまま、その熱を自分の掌《てのひら》へと集中させるようなイメージを膨《ふく》らませた。

静かに呼吸を繰り返すにつれ、ランプにかざした手がほわ……、と熱を帯びてくる。

——けれど。

「……っ」

どんなに粘っても、それ以上は掌に力が集まってこない。

なんの変化も見せない小さな炎を前に、きつく眉を寄せ、声にならない声でうんうん唸《うな》り続けているアディヤに、ウルスが苦笑を零した。

「これはまだ難しいか。ならば、こちらはどうだ?」

アディヤの手からランプを預かったウルスが、今度は窓辺に飾られていた花瓶へと手を伸ばす。淡い橙《だいだい》色の蕾《つぼみ》がついた花を一本引き抜いたウルスに、アディヤはへにょんと眉を下げた。

「……やってみます」

ウルスが差し出してくれた蕾を、両手で優しく包み込む。

(……咲いて)

心の中で願いつつ、アディヤはそっと手の中に吐息を吹き込んだ。すると、アディヤの手の中で蕾がふっくらと膨らみ、艶やかに色づいた花弁がふ……っと解けていく。

ゆっくりと開かれるアディヤの手に導かれ、ふわりと咲いた鮮《あざ》やかな橙色の花に、ウルスが目を細めて呟いた。

「ああ、よい香りだ。相変わらず、アディヤが咲かせる花は美しいな」

「……お花なら、得意なんですけど」

ウルスのように火や風を操るのはどうも苦手で、うまくいかない。

しょんぼりと肩を落としたアディヤを、ウルスがゆったりと後ろから抱きしめて言う。

「そう気落ちすることはない。力には向き不向きというものがある。アディヤの力はおそらく、その者の持つ生命力を引き出すことに向いているのだろう」

「生命力？」

ああ、と頷いたウルスが、アディヤの咲かせた花の匂いをひと嗅《か》ぎし、それを花瓶に戻す。

「神通力は、例えるならば器《うつわ》に注がれた水のようなものだ。器の形や大きさはそれぞれ異なるし、その水がどういった用途に向いているのかも、個々によって異なる」

「……はい」

神に通じる力がどういったものなのかということは、アディヤもすでに学んでいる。アディヤに頷き返して、ウルスが続けた。

「今アディヤは、この花の生命力を引き出し、成長の手助けをした。同じことを、怪我人の患部に行えばどうなると思う？」

「もしかして……、怪我の治療ができるんですか？」

ウルスを振り返って、アディヤは大きく目を見開いた。

アディヤはこれまで何度かウルスに、神通力を使って小さな切り傷などを治してもらったことがある。それと同じことが、自分もできるようになるのだろうか。

アディヤの黒髪をそっと爪の先で梳《す》きながら、ウルスが頷く。

「ああ、そうだ。かの伝承の神子も、強力な癒《いや》しの力を持っていたと伝わっている。お前は百年に一度の特別な神子。今はまだ力が不安定なようだが、並みの獣人よりもはるかに大きな器を持っていることは確かだ。鍛錬《たんれん》を積めば、必ずや大きな怪我もたちどころに治せるようになる」

「っ、僕、練習します……！」

勢い込んで、アディヤはウルスの膝の上で向きを変えた。ウルスの大きく胸元の開いた夜着から溢れる豊かな被毛にしがみつき、その黄金の瞳を見つめて言う。

「教えて下さい、ウルス。僕、この力を誰かの役に立てられるようになりたいです……！」

アディヤはこの四年間ずっと、自分は神子としては力不足なのではないかと思っていた。

これまで読んだトゥルクード王室の歴史を綴《つづ》った書物にはいずれも、百年に一度現れる神子は皆強い神通力を持っていて、その力で王と共に国を導いてきたと書かれていた。けれど、アディヤは今までほとんど神通力を使ったことがない。

ただでさえ自分は男で、隣国イルファーン出身という、異色の神子だ。ルトを授かり、この国の人たちも自分を受け入れてくれたけれど、だからこそ、自分の力をトゥルクードのために役立てられるようになりたい。

アディヤの思いが伝わったのだろう。ウルスがゆったりと目を細める。

「アディヤ……。ああ、もちろん教えよう。だが、花を咲かせるだけならまだしも、相手の生命力を引き出して怪我の治癒をするには、より多くの神通力を必要とする。力のコントロールも、もっと学ばなければならない。少しずつ、覚えてゆかねばな」

「……はい！」

自分の力で誰かを助けることができるようになるかもしれない。そのことが嬉しくて顔をほころばせたアディヤに、ウルスがその鼻先を寄せてくる。

「まったく……、そのように愛《う》い顔をして……」

グルル、と喉鳴りを響かせながら、こめかみに鼻先をすり寄せてくるウルスに、アディヤは片目を瞑りながら笑みを零した。

「ウルス、くすぐったいです」

さらさらと頬に擦れる白狼の被毛が、くすぐったくてたまらない。身を捩《よじ》ろうとしたアディヤだったが、ウルスはそんなアディヤの腰をしっかりと抱きしめると、目元や耳元にまで鼻先をくっつけてくる。

「こら、逃げるな。お前の愛らしい匂いをもっと堪《たん》能《のう》させよ」

「もう、そんなこと言ってたら練習にならな……、あ……」

はむ、と甘く耳朶《じだ》を喰《は》まれて、アディヤは逞しい獣人の腕の中でふわりとその体温を上げた。

「ふぁ……、ぁ、んん……」

敏感な耳を、大きな舌にそうっと舐められる。天《び》鵞《ろう》絨《ど》のようになめらかで熱い舌に、ゆっくりと耳殻《じかく》をなぞられ、やわらかな被毛に覆われた口元で耳全体を甘く喰まれて、アディヤはぎゅっとウルスにしがみついたまま、思わず息を詰めた。

「ん……！」

「……我が妃は、相変わらずどこもかしこも敏感だな？」

頭の中に直接響いた濡れた吐息混じりの囁きに、アディヤは早くも吐息を乱しながらウルスをなじる。

「そ……っ、そんなの、ウルスのせいじゃないですか……っ」

結婚して四年。ルトも授かり、少しは落ち着くかと思ったのに、ウルスの求めは落ち着くどころか、ますます強くなっている気がする。

アディヤが行為に慣れ、翌日寝込むことも少なくなってからは、いろいろな体位で交わったり、あちこちじっくり愛撫されることが増え、アディヤの体はすっかりウルスの色に染まってしまった。

「ウルスがいつも、匂い嗅ぎながらするから……っ」

どこが感じるのか、どこが弱いのか、つぶさに匂いで嗅ぎ取られながら抱かれた夜は、もう数えきれないほどだ。あんなふうに匂いですべて把握されながら何度も抱かれたら、誰だって敏感な体になってしまうと思う。

濡れた瞳で軽く睨《にら》んだアディヤに、ウルスが上機嫌で笑う。

「そう言うが、私からしてみればアディヤの方こそ、その甘い匂いで私を誘っているのだがな。私のアディヤはいつまでたっても初心《うぶ》で、なかなか口に出してねだってはくれぬが、匂いではこんなにも私を求めてくれる。おかげで私はもうすっかり、愛しい妻の虜《とりこ》だ」

「なに言ってるんですか、もう……」

甘い囁きに頬を染めつつも、アディヤは落ちてきたくちづけに目を閉じた。

人間とは違う、大きな舌にあますところなく口腔《こうこう》を舐められ、腰の奥に甘い疼《うず》きが走る。太い腕に抱きしめられながら硬い牙でやわらかく舌を咬まれると、食べられてしまいそうだと思うよりも先に、安《あん》堵《ど》感と欲情が込み上げてきて。

「ん……、ウルス……、ちからの、れんしゅう……」

ふにゃふにゃになった声で、それでもどうにかそう言ったアディヤに、ウルスが小さなキスを繰り返しながらグルルと低く唸る。

「ここのところ、そればかりだっただろう？　今宵《こよい》くらいは、ゆっくりお前を抱きたい」

「で……、でも……」

練習したいのに、と皆まで言わせず、ウルスがまた深くくちづけてくる。

んん、と鼻にかかった声を上げて、アディヤはウルスの被毛をきゅっと握りしめた。

狼の熱い舌に、唇も舌もとろとろに溶かされてしまう。

ウルスに触れられているところが全部気持ちよくて、幸せで。

心ゆくまでたっぷりとアディヤの小さな口を味わってから、ウルスがキスを解く。は……、と悩ましげな吐息を零す愛嫁の濡れた唇をぺろりと舐めたウルスは、やわらかく目を細めると、低く深い声で囁きかけてきた。

「……愛している、アディヤ」

「……っ」

二人きりの時にだけ紡がれる、蜜のように艶やかで甘い声。欲情に濡れた吐息混じりのその声に、アディヤはぴくんっと過敏に肩を震わせ、潤んだ瞳でウルスを見上げてなじった。

「ず……、ずるいです、ウルス。そんな声で、そんなこと……」

「私はただ、思うままを告げているだけだ」

くすくすと笑みを零したウルスが、アディヤの耳をそっと撫でる。んっとまた息を詰めたアディヤの目元にキスを落としながら、ウルスは極上の絹のような被毛に覆われたその手でアディヤの首筋をするりとひと撫でして続けた。

「かなうことなら、一瞬たりともお前と離れていたくない。ずっとお前を見つめていたい。いつもお前に触れていたい……」

深くなっていく囁きと共に、ウルスの手がアディヤの胸元へと下がっていく。

「ウルス……、……っ、ん……！」

衣の上から両脇に手を差し込まれ、親指の腹で胸の先を弄《いじ》られる。無骨《ぶこつ》な、けれど器用な指先に、もうすっかり位置も弱さも知られてしまっている小さな尖りをくるくると転がされて、アディヤはあっという間に息を乱してしまった。

「そ、こ……っ、そんな、したら……っ」

「ああ、お前はここが弱いから、すぐに我慢がきかなくなる。そうだろう？」

知っていてやっているのだと、そうからかうように笑う夫に、アディヤがもう、とむくれかけた、――その時だった。

「ん……？」

ウルスがなにかに気づいたように手をとめ、顔を上げる。

「ウルス？　どうかしたんですか？」

アディヤが首を傾げたのと、部屋の扉がキィ、と音を立てて開かれたのはほぼ同時だった。

「ディディ……、ちちうえ……」

扉の陰から現れたのは、寝間着《ねまき》姿のルトだった。クッションを抱えたルトは、どうやら泣いていたらしく、ぐすぐすと鼻を鳴らしている。

「ルト？　どうしたの？」

アディヤはすぐにウルスの膝から降り、ルトに駆け寄った。膝をついて小さな体を抱きしめると、ルトがぎゅうっとしがみついてくる。

「あの……、あのね……、こわいゆめ、みた……」

たどたどしく訴えたルトが、ふえ、と再び泣き出す。ぽろぽろ涙を零すルトの背をぽんぽんとあやして、アディヤは苦笑を浮かべた。

「そっかそっか。お化け出てきちゃった？」

「うん……」

どうやら相当怖い思いをしたらしい。

三角の耳をぺたりと伏せ、尻尾も足の間に丸めてすっかり意気消沈《しょうちん》しているルトを慰めようとしたアディヤだったが、それより早く、アディヤの腰に長い腕が回される。

「え……、あの、ウルス」

そのままルトごとひょいっと抱き上げられ、アディヤは戸惑って後ろを振り返った。

「案ずるな、ルト。お前を脅かすお化けなど、この父が追い払ってやる」

優しい笑みを浮かべたウルスの低い声に、ルトが潤んだ目をぱちくりさせた。

「……ほんとう？」

「ああ、本当だとも。それともお前は、父がお化けに負けると思うか？」

アディヤとルトを抱えたまま、ゆっくりと部屋を横切ったウルスが、寝台に二人を降ろしながら聞く。

クッションをぎゅっと抱きしめて、ルトはふるふると首を横に振った。

「ううん。ちちうえはだれよりもつよいって、ディディがいってた」

そうだよね、と視線で問いかけてくるルトに、アディヤは微笑みかけた。

「うん、そうだよ。ルトの父上は誰よりも優しくて、強いんだよ」

「……誰よりも優しいのはお前だがな、アディヤ」

そう言ったウルスが、アディヤの頬に、続いてルトの頬にキスを落とす。くすぐったそうに笑う我が子に目を細めて、ウルスは寝台に横になった。

「今宵は私たちと共に寝よう、ルト。そうすればなにも怖くはあるまい？」

「……うん！」

大きく手を広げたウルスのふかふかの胸元に、ルトが嬉しそうに飛び込んでいく。ぽふっと被毛に埋まったルトの頭を、その大きな手で優しく撫でるウルスを見やって、アディヤはいいんですか、と視線で問いかけた。

仕方あるまいとでも言いたげな表情を浮かべたウルスが、小さく肩をすくめてみせる。

「たまには親子三人で寝るのもよかろう。……たまにはな」

「ふふ、そうですね」

なんだかんだで、ウルスもルトには甘いのだ。

くすくすと笑みを零しながら、アディヤもウルスに身を寄せた。すぐに伸びてきた逞しい腕が、アディヤをぎゅっと抱きしめてくる。

さらりとしているのになめらかな、極上の絹のような白銀の被毛が、頬をくすぐる。その感触をうっとりと堪能しながら、アディヤは胸いっぱいにウルスの香りを吸い込んだ。気づいたウルスが、アディヤの髪に鼻先を埋め、続いてルトの髪の匂いも嗅いで呟く。

「……お前たちは、私の宝だ」

夜道を照らすやわらかな月のような瞳を優しく細めたウルスが、噛みしめるように言う。

「なににも代えがたい、……なによりも大切な宝だ」

「……大げさですよ、ウルス」

苦笑しつつも、アディヤは嬉しさを覚えてウルスの胸元に顔を埋めた。

心地よい香りと、穏やかな夜風。規則正しく上下する胸元に揺られ、とくとくと聞こえてくるウルスの鼓動に耳を傾けていると、すぐにとろりとした眠気に包み込まれる。

同じ安らかさに揺蕩《たゆた》っているのだろう。早くもうとうとし始めたルトを見やって、アディヤはそっと囁いた。

「……おやすみなさい、ルト。ウルス」

「おや、すみ、なさ……」

言葉の途中でこてんと寝てしまったルトの髪を梳きながら、ウルスが微笑みかけてきた。

「ああ、おやすみ、ルト。……アディヤ」

低い喉鳴りが、直接体の中に響き渡る。

その優しい振動にそっと目を閉じ、アディヤはふうと、安堵の吐息を漏らしたのだった。

陽光に艶めく芝生の丘を、小さなシルエットが二つ、駆け上っていく。

「まって、ユエ……っ」

「おそいよ、ルト!」

歓声を上げて追いかけっこをする二人の後ろから、アディヤは小さな男の子の手を引き、ゆっくりと丘を上がっていった。

「二人とも、転ばないようにね。リャン、大丈夫?」

「……ん」

大きな本を抱え、マイペースにもくもくと歩くリャンは、ルトと追いかけっこをしている少女、ユエの弟だ。

ルトよりも一つ年上で活発なユエと、ルトと同い年のリャン。彼らはトゥルクード王宮に建てられた育児院で暮らす子供たちの中でも、特にルトと親しい姉弟だった。

ぽかぽかとあたたかい日差しの下、きゃあきゃあ声を上げて追いかけっこをしているユエとルトの方を、リャンがちらりと見やる。アディヤは足をとめて、リャンを促《うなが》した。

「たまにはリャンも、追いかけっこしてきたら? 本は僕が預かっておくから」

「……いい」

ふるふると首を横に振ったリャンが、ぎゅっと本を抱きしめて言う。

「ぼくは、本をよむほうがすきなので」

「そ、そう……」

大人びたところのあるリャンはいつもこうで、姉とルトが遊んでいる横でじっと本を読んでいることが多い。しかもその本も、絵本などの幼児向けの本ではなく、三歳児が読むにはちょっと難しそうな、生き物の生態が詳しく書いてある図鑑などがほとんどだ。

東屋《あずまや》に着いたアディヤは、今日は一体どんな本を持ってきたんだろうとリャンの手元を覗いて、驚いた。

(ど……、毒きのこ図鑑……)

ずらりと並んだ鮮やかなきのこをじっと見つめたリャンが、うっとりと呟く。

「きれい……」

「う……、うん。綺麗なきのこだね。でもここに載ってるのは全部、食べたら駄目なきのこだから、見かけても触っちゃ駄目だよ」

一応釘を刺したアディヤに、リャンがハイと大人しく頷く。それでもキラキラと瞳を輝かせ、食い入るように毒きのこを見つめているリャンに、アディヤは内心苦笑してしまった。

(……個性的な子だなあ)


四人の後から、他の育児院の子たちと先生方、衛兵も丘に上がってくる。

東屋の近くでは、他の子たちと合流したルトとユエが、バッタを捕まえて遊び始めていた。

「つかまえた!」

「ユエ、ぼくも……っ、ぼくもバッタ、さわりたい!」

「だめ。これはあたしのバッタだもん。ルトはルトのバッタみつけなさいよ」

つん、と唇を尖らせたユエにすげなく言われ、しょんぼり尻尾を丸めたルトに、少し年長の子が笑いかけてくる。

「ルト、僕と一緒に探そう? 向こうでもっとおっきなバッタ、見かけたよ」

「……うん!」

パッと顔を輝かせ、草むらで他のバッタを探し始めたルトを見て、アディヤはくすくすと笑った。

王の嫡子《ちゃくし》ということで、王宮にいるとどうしても周囲から甘やかされてしまうルトだが、ユエを始めとした育児院の子たちとはまるで本当の兄弟のように育っている。

ウルスにとって腹心のラシードがそうであるように、身分の差を越え、そして人間と獣人の垣根を越えて親しくしてくれる友人は、きっとルトにとってもかけがえのない存在になるだろう。

（みんながいてくれて、本当によかった……。いつまでもこうして、兄弟みたいに接してくれるといいんだけど）

いい縁があれば新しい家族に引き取られていく彼らだが、いずれルトがウルスの跡を継いで王となる時、ルトの助けになってくれる者もいるはずだ。

できるだけたくさん友達ができますようにと、アディヤが祈るように思った、その時だった。

「アディヤ様、こちらですか？」

丘の向こうから、アディヤの近侍のノールが上がってくる。懐いているノールの姿に気づいたルトが、パッと明るい表情を浮かべて彼に駆け寄った。

「ノール！　ん！」

ノールに向かってバンザイし、尻尾をふるふると震わせて抱っこをせがんだルトに、ノールが顔をほころばせて応じる。

「よいしょっと。ふふ、ルト様は本当に抱っこがお好きですね」

可愛くて仕方ないとばかりにルトに頬ずりするノールに、アディヤは苦笑しつつ問いかけた。

「どうしたんですか、ノール？」

「はい。実は今、ジアの両親が表宮に来ているんです。陛下とアディヤ様に面会を希望しているので、お呼びに参りました」

ノールの言葉を聞いた途端、ルトがぶわっと尻尾を膨らませて目を見開く。

「ジア!?　ジア、いるの？」

興奮もあらわに聞いたルトに、ノールがはい、と頷く。しかしその表情は何故か少し複雑そうなものだった。

ジアはルトと同じ日に生まれた男の子で、縁あってウルスが名付け親になっている。王都から離れたアウラガ・トム山の麓《ふもと》で暮らしており、ルトはこれまでアディヤとウルスの視察に同行した際に何度もジアと遊んでいて、すっかり仲良くなっていた。

だが、これまでジアとその両親が王宮に来たことはない。ノールの表情も気になって、アディヤは首を傾げた。

「ジアのご両親が？　なにかあったんでしょうか？」

「実は、ジアの両親はこれから他国に旅立つそうです。行商で数年周辺諸国を巡る予定で、その挨拶《あいさつ》に来たと言っていました」

「……そうですか。他国に……」

ノールが浮かない顔をしていた理由が分かって、アディヤは声のトーンを落とし、ちらっとルトを見やった。

二人の会話の意味が分からなかったのだろう。ルトが満面の笑みでアディヤに訴える。

「ディディ、ルト、ジアのとこいく！」

「ルト……」

すっかりジアと遊ぶ気でいるルトに、アディヤは少し躊躇《ためら》って、微笑み返した。

「……そうだね。じゃあ一緒に行こうか」

まだアディヤ自身、ジアの両親からきちんと話を聞いたわけではないし、それにルトはジアとしばらく会えなくなるかもしれないのだ。今ここでそれを伝えて、悲しいだけのお別れになってしまうのは可《か》哀想《わいそう》だ。

（ルトには後で、ちゃんと説明しよう）

もし旅立ちまで時間があるのなら、できる限りルトとジアを一緒に遊ばせてあげたい。

ノールからルトを抱きとって、アディヤは表宮へと歩き出したのだった。


アディヤが違和感に気づいたのは、謁見《えっけん》の間へと続く、緋色の絨毯《じゅうたん》が敷かれた長い廊下に歩み出た時だった。

「……なんだか様子がおかしくありませんか?」

廊下の先、謁見の間の付近に衛兵たちが集まっているのが見える。

ルトを抱き上げたまま首を傾げたアディヤに、ノールも表情を改めて頷いた。

「なにかあったんでしょうか……。少しお待ち下さい、アディヤ様。先に私が確認を……」

「……来ていたのか、アディヤ」

と、その時、背後から声をかけられる。

振り返ったアディヤは、驚いた。

「ウルス? ……っ、どうしたんですか、そんなに大勢で……」

白狼の王ウルスの背後には、ラシードを始めとした近衛兵たちがいた。しかしその人数は普段の倍以上で、いずれも物々《ものもの》しく武装していたのだ。

「ウルスもジアの両親に会いに来たんですよね? なにかあったんですか?」

ルトをノールに預けて聞いたアディヤに、ウルスが眉を寄せて答えた。

「いや、なにもない。……他に、急ぎ会わねばならぬ者が来たのでな。ジアの両親には、控えの間で待つよう伝えてある。その者との面会が終わったら改めて呼ぶから、お前たちは一度奥宮に戻っていよ」

「他にって……、……ウルス、それは誰ですか?」

これほどの人数の護衛がウルスの周囲を固めてい

ることなど、そうそうない。自分たちをそれとなく表宮から遠ざけようとしていることからも、もしかしてこれからウルスが会おうとしている相手は危険な人物なのではないだろうか。

そう思ったアディヤの読みは当たっていたらしい。ウルスがますます表情を強ばらせて唸る。

「……アディヤが気にするような相手ではない」

「ウルス……」

やはり自分にその相手を告げようとしないウルスにもどかしくなったアディヤだったが、その時、ウルスの背後から彼の腹心である黒狼の獣人、ラシードが進み出て告げる。

「……実は先ほど、表宮に陛下の兄だと名乗る男がやってきたのです」

「ラシード！」

鼻の頭に皺《しわ》を寄せたウルスが、ラシードに吼《ほ》える。

「まだはっきりせぬうちから、なにを勝手に……！」

「ですが陛下、いずれはアディヤ様のお耳にも入ることではありませんか」

しれっとそう言って肩をすくめるラシードだったが、アディヤは怪訝《けげん》な顔をせずにはいられなかった。

「……兄？」

ウルスに兄がいるなんて、これまで聞いたことがない。

どういうことだろうかと戸惑い、視線で問うたアディヤに、ラシードが順を追って説明する。

「衛兵によると、その者はジャラガラから来たという話でした。数人の仲間を率《ひき》いてきて、自分は陛下の兄だと名乗り、目通りさせろと……」

ジャラガラは、アディヤの母国イルファーンと、このトゥルクードを挟んでちょうど反対に位置している国だ。一年を通して暑く、雨はほとんど降らない。北西部は穏やかな海に面しているが、南部には広大な砂漠が広がっており、都市部には石造りの頑丈な建物が並んでいるという。

しかし、ここ十数年は内乱が頻発《ひんぱつ》しており、政府軍と反政府軍の対立が年々激化している国でもあった。

「ジャラガラの人が、どうしてウルスの兄だなんて名乗っているんですか？」

その男が本当にこの国の王であるウルスの兄なら、生粋《きっすい》のトゥルクード人ではないのか。不思議に思ったアディヤに、ラシードが頷く。

「衛兵も、異国の者が我が国の王族のはずはないだろうと言い、一度は追い払おうとしました。ですがその男は、それを聞くなり姿を変えたそうです。

……我々と同じ、獣人の姿に」

「え……」

予想外のことを告げられて、アディヤは思わずウルスを見やった。

獣人の血は、トゥルクード王家にしか伝わっていない。

ラシードのように傍系《ぼうけい》という可能性もあるが、獣人に変身できるということは、少なくともその男はトゥルクード王室の血を引いているということだ。

「ま……、待って下さい。そもそも、ウルスには本当にお兄さんがいたんですか？　どうしてジャラガラから……」

あまりにも唐突すぎて、わけが分からない。

混乱するアディヤに、それまで黙り込んでいたウルスが口を開く。

「……落ち着け、アディヤ。まだ私も衛兵から状況を聞いただけで、なにも分かっておらぬのだ。その男が獣人に変身したということ以外、なにもな」

手を伸ばしたウルスが、黒い爪の先でそっとアディヤの髪を梳いてくる。シャラ、と重ねづけした腕輪が鳴り、聞き慣れたその音色にアディヤは少しだけ気持ちを落ち着かせた。

「そうなんですね……」

「ああ。……だが、私には確かに、かつて双子の兄がいた」

「え……」

思いがけないウルスの言葉に、アディヤは息を呑んで目を瞠《みは》る。

「双子……、ですか」

「ああ。兄の名はイルウェス。しかし、記録では死産だったとなっている。王宮の廟《びょう》にも遺灰が納められているはずだ」

きつく眉間に皺《しわ》を寄せたウルスの隣で、ラシードも口を開く。

「ウルス陛下ご生誕の慶事と同時に起こった弔事《ちょうじ》だったため、今までひっそりと記録に残されているのみだったようです。私も幼い時分、母からそのようなことがあったと聞いて知ってはいましたが、これまでは気にもとめていませんでした」

ラシードの母はウルスの乳母であり、今は奥宮の一切を取り仕切っている侍女長でもある。

母のところにも今、人をやって呼んでいますと言うラシードも、ウルス同様、難しい顔をしていた。

「ですが、いくらなんでも国王の嫡子に関する記録に間違いがあるはずがありません。その男が陛下の兄君であるわけがない」

「……ともあれ、その男が何者なのかははっきりさせねばならぬ。少なくとも、王族の血を引いていることは間違いないのだからな」

低い声に困惑を滲《にじ》ませながらもそう言ったウルスを見上げて、アディヤは決然と告げた。

「ウルス、僕も同席させて下さい」

その男が何者で、何故そんな主張をしているのかは、まだ分からない。

けれど、他ならぬウルスにかかわることなのだ。

自分にとって大切なウルスとルトにかかわること

は、きちんと知っておきたい。

そう思ったアディヤだったが、ウルスは眉間の皺をますます深くして呻《うめ》く。

「そう言い出すだろうと思ったから、面会が済むまで黙っておこうと思ったのだ」

はあ、と一つため息をついたウルスが、ラシードをひと睨みして、アディヤに向き直る。

「アディヤ、同席はならぬ。まだ相手がどんなたくらみを持っているのか分からぬのだぞ。危険がないと分かるまで、お前を引き合わせるわけにはいかぬ」

「でも、その人は真正面から乗り込んできたんでしょう？　もし最初から危害を加えるつもりなら、もっと違う手を使って王宮に入り込もうとするんじゃないですか？」

王への謁見を申し込むのに、衛兵に直談判《じかだんぱん》したくらいだ。いくら他国から来たとはいえ、そんなことをしたら警戒され、王の守りが厚くなることが分からないとは思えない。

「正面切ってウルスに目通りを願ったということは、危害を加えることが目的じゃないはずです。きっとなにか、訴えたいことがあるんだと思います。それを聞いてからじゃないと、どんな人かも判断できないじゃないですか」

「アディヤ、だが……」

アディヤの主張が正しいことを認めないわけにはいかないが、危険な目に遭《あ》わせたくない気持ちも強いのだろう。険しい表情で唸ったウルスだったが、そこでラシードが口を挟む。

「陛下、アディヤ様は存外頑固でいらっしゃいます。第一、陛下がアディヤ様に勝てるはずはないのですから、早々に白旗《しらはた》を上げた方がよろしいかと」

「ラシード……。お前とて、最初からこうなることは分かっておったはずだろう。危険な目に遭わせるかもしれぬと分かっていて、何故アディヤに告げたのだ」

ウルスがこれから会おうとしているのがどんな相手なのか、アディヤが知れば同席したいと言い出すだろうと分かっていて何故と問うウルスに、ラシードが肩をすくめてみせる。

「お言葉ですが陛下、あのまま陛下がアディヤ様を誤魔化《ごまか》しきれたとは到底思えません。なにせ陛下は、アディヤ様に嘘はつけませんから」

悪びれない腹心に、ウルスが苛々《いらいら》と呻く。

「だからと言って……。ああもう、お前は一体私をなんだと思っておるのだ」

「それはもちろん、このトゥルクードの唯一無二の王であり、いつまでたっても奥方様に夢中な、世紀の色ぼけかと」

「……唯一無二の王と思っているわりに、言葉を選ぶ気はないのだな」

「常に的確な表現を心がけておりますもので」

しれっと言ったラシードが、アディヤに視線を移す。微笑むその視線は、やわらかかった。

「アディヤ様。アディヤ様のお気持ち、ごもっともです。ですが、相手は無頼《ぶらい》の者でないとも限りません。すでに武器は取り上げさせていますし、万が一の時は我ら近衛隊がお二人をお守りいたしますが、決して油断されませんよう」

「ラシードさん……、ありがとうございます」

ラシードとその後ろに控える近衛隊の兵たちに一礼して、アディヤはまだ渋い顔をしているウルスに向き直った。

「お願いします、ウルス。僕も同席させて下さい」

ラシードはああ言ってくれたけれど、王のウルスが承諾してくれなければアディヤは引き下がるしかない。

アディヤは白狼の王を見上げ、再度願った。

「お兄さんだというのは、間違いなのかもしれない。

でも、それならそれで、ちゃんと知っておきたいんです。あなたにとって大事なことは、僕にとっても大事なことですから」

お願いします、と重ねて言ったアディヤに、ウルスはしばらく無言だった。しかし、やがて身を屈めてアディヤを抱き上げると、いつものように自分の片腕に腰かけさせ、低く呟く。

「……決して私のそばを離れるな」

「……！　はい！　ありがとうございます、ウルス！」

喜び勇んで、ふかふかの首元にしがみついたアディヤに、ウルスがため息を零す。

「そんな顔をされては、ますます駄目だとは言えぬではないか……」

「陛下はアディヤ様がどんなお顔をされていようが、駄目とは仰《おっしゃ》れないのでは？」

「……うるさい」

ラシードの軽口にムッとするウルスの腕の中から、アディヤはノールに声をかけた。

「ノール、ルトといったん奥宮に戻っていて下さい。ルト、ノールと一緒にいてね」

「……ルトも、ディディといっしょにジアのとこ、いく」

ノールの腕に抱かれたルトが、置いていかれることに気づいてくしゃっと顔を歪《ゆが》める。今にも泣き出しそうなルトに、アディヤは言い聞かせた。

「ルト、ジアには後で会えるから、今はノールといて、ね？」

「ルト様、でしたら中庭で遊んでいましょう。ご用が済んだらすぐにジア様に会えるように」

提案したノールに、ルトがしゅんと三角の耳を伏せながらも頷く。

「……うん」

「よし、ではなにをして遊びましょう？」

「……かくれっこ」

「かくれんぼですね。いいですよ。……では、アディヤ様」

一礼したノールがルトを連れて去っていく。お願いします、ともう一度ノールにルトを頼んで、アディヤはウルスと共に謁見の間へと向かった。

細かい装飾の施された大きな扉の前で、ウルスが足をとめ、アディヤを降ろす。平然とした横顔はいつも通りだったけれど、アディヤにはウルスが少し緊張しているのが分かった。

「……ウルス」

声をかけ、アディヤはそっとウルスの手を取る。

「そばにいます」

「アディヤ……。……ああ」

頷いたウルスが、口元をほころばせ、大きな手でアディヤの手を包み込む。

扉を開けよ、と衛兵に命じたウルスと共に、アディヤは謁見の間に足を踏み入れた。

大理石の広間には、高い位置にある採光窓から穏やかな光が差し込んでいた。ドーム状の天井では大きなシャンデリアが煌めき、美麗な斑紋《はんもん》を描く床に星屑《ほしくず》のような光が降り注いでいる。

――その降り注ぐ光の中、玉座の真正面には一人の獣人が立っていた。

ウルスと共に、並んだ玉座にちょこんと腰かけたアディヤは、数段低いところに立っているその獣人をじっと見つめる。

（この人が……）

その男は、濃い灰色の被毛をした獣人だった。

獣人の中でも一際《ひときわ》優れた体格を誇るウルスと同等の巨軀《きょく》で、威風堂々《いふうどうどう》としたその雰囲気に、両脇に立っている衛兵たちも圧倒されているのが見てとれる。

片目は黒い眼帯で覆われていたが、もう片方の瞳はウルスの人間姿の時と同じ翡翠《ひすい》色で、まるで研ぎ澄まされた刃のように鋭い眼光を放っていた。

男が着ている衣装は、青の民と呼ばれるジャラガラに旧くから伝わる民族衣装だった。銀鼠色《ぎんねずいろ》の刺繍が施された長衣は目の覚めるような鮮やかな青で、その腰布には大ぶりの短剣が挟んである。短剣の刀身は幅広で、その鞘《さや》にはごつごつとした銀の装飾が施されていた。

「……武器は取り上げたはずではないのか？」

眉間に皺を寄せたウルスが、ラシードにそう聞く。しかし、ラシードが口を開くより早く、男が仁王立ちしたまま剣の柄に手をかけた。

「あー、これな。これはナーガっつってジャラガラの男にとっての魂みたいなもんだ。ただの装飾品だから、刃はついてねぇよ」

そう言って、鞘から剣を抜いてみせる。男の言う通り、その刀身は鈍《にぶ》い灰色をしており、刃がついている様子はなかった。

両側の衛兵が、慌てて男を制止しようとする。

「こら、お前……っ、なにを勝手なことを！」

「王の御前《ごぜん》だぞ！　跪《ひざまず》かぬか！」

口々にそう言った衛兵たちが、男の肩を押さえつけて跪かせようとする。しかし、屈強な衛兵とはいえ、人間である彼らが獣人に敵《かな》うはずがない。

男は必死に自分を押さえつけようとする衛兵たちにうんざりしたような表情を浮かべながらも、仁王立ちしたまま言った。

「なんで俺が跪かなきゃなんねぇんだよ。別に俺にとっちゃ王でもなんでもねぇのに」

「貴様《きさま》……ッ！」

不遜《ふそん》な物言いに、衛兵の一人が激昂《げっこう》し、男の肩を槍の柄で強《したた》かに打ちつける。ギラッと一瞬、男がその翡翠色の瞳に剣呑《けんのん》な光を浮かべるのと、ウルスが衛兵に命じるのとは、ほとんど同時だった。

「よせ。その者の言うことにも理《り》はある」

ウルスの制止に、衛兵がハッ、とかしこまって下がる。フン、と鼻白んだ灰色の獣人を見つめて、アディヤは緊張に肩を強ばらせた。

（……今、ウルスがやめるよう言わなかったら、危なかった）

衛兵は気づかなかったようだが、ウルスの制止があと数秒遅れていたら、男は衛兵を力でねじ伏せていただろう。先ほどの険しい視線は、まさに野獣のそれだった。

当然ウルスもそれに気づいて、衛兵をとめたに違いない。ウルスのそばに控えているラシードも腰の剣の柄に手をかけ、男をじっと見据えていた。

アディヤは隣のウルスにそっと手を伸ばすと、肘掛けに置かれた彼の手に自分の手を重ねた。

怖くなったのではない。

万が一この場でなにか起きたら、ウルスは躊躇《ちゅうちょ》なくあの男と戦うことを選ぶだろう。

相手が膝を折らない程度のことで激昂するウルスではないが、衛兵もまた、彼にとっては大切な民の一人だ。誰よりも国を、民を思う彼が、民に危害を加える者を見過ごすことはあり得ない。

しかし、男は見るからに荒事《あらごと》に慣れていそうな気配がする。丸腰にもかかわらず、まるで怯《ひる》む様子がないのも、相当腕に覚えがあるからだろう。

男の力が未知数である今、ウルスに危険を冒してほしくない。

（ウルスが自分の身を危険に晒さないよう、思いとどまらせるのも僕の役目だ）

先ほどは気づかなかったが、もしかしたらラシードもそれを期待して、アディヤがこの場に同席することを後押ししてくれたのかもしれない。

アディヤは、なめらかな被毛に覆われた最愛の人の手をぎゅっと握った。分かっていると言うかのように指を絡めてくるウルスの手をしっかりと繋ぎとめて、隻眼《せきがん》の男を注意深く見つめる。

するとその視線に気づいたのだろう。男がアディヤを見て、スッとその瞳を細めた。

「ふぅん、なるほど、あんたがアディヤか。男神子なんてどんなもんかと思ってたが、案外悪かねぇな」

「……そうですか」

無遠慮な物言いをする男に相槌《あいづち》を打ちつつも、アディヤは内心動揺していた。

（……似てる）

改めて大広間に響いた男の声が、ウルスによく似ているのだ。

力強く深みのある、低い声。

目の前の男の声は、ウルスの艶やかな声よりもざらりとしていて野性的な印象だったが、それでも二人の声はとてもよく似ていた。

（いや、でも声が似てるというだけで、判断はできない……）

慎重にならないと、と固唾を呑んだアディヤには構わず、男がニヤッと笑って言う。

「ああ、なにより匂いがいい。あんたなら余裕で抱けそうだ」

「な……っ！」

男の言葉を聞いたウルスが、カッと黄金色の瞳を見開き、気色《けしき》ばむ。逞しい首の後ろの被毛を一気に逆立てたウルスの唸り声が、高い天井に轟《とどろ》いた。

「我が妻に、なんだと……!?」

「ウルス……っ、ウルス、落ち着いて下さい。ただの軽口です……っ」

今にも男に飛びかからんばかりのウルスを必死になだめるアディヤを見て、男がカラカラと笑う。

「別に思ったままを言っただけで、他人のもんを本気でどうこうしようってほど、相手に不自由しちゃいねぇよ」

飄々《ひょうひょう》と笑った男が、ウルスをじっと見据えて表情を改める。

「……あんたが、ウルスか」

低い声は、先ほどまでとは打って変わって静かで鋭いものだった。息を吞んだアディヤの隣で、ウルスがスッと目を眇《すが》めて男に答える。

「……そうだ。お前は私の兄だと名乗っているそうだが？」

いきなり核心に切り込んだウルスに、男が動じた様子もなく頷く。

「ああ。俺はダラス。元の名はイルウェスだが、その名は生まれた時にこの国に捨てた」

（……イルウェス）

先ほどウルスが言っていた、双子の兄の名と同じだ。だが――。

「イルウェスは確かに私の兄の名だが、そのようなことは調べればすぐに分かることだ。名を知っているだけで、お前を兄と認めることなど到底できぬ」

ウルスは鋭い視線で男を見つめたまま、厳然とそう言い渡す。

しかし、ダラスもそう言われることは見越していたのだろう。肩をすくめて言う。

「そう結論を急ぐなよ。王位についてるってわりに、せっかちな男だな」

「この……っ、口を慎《つつし》まぬか……！」

激昂する衛兵に構わず、ダラスは頭の後ろに両手を回すと、慣れた様子でするりと眼帯の紐を解いた。

「……証は、この目だ」

黒い眼帯の下からその瞳が現れた瞬間、アディヤは驚きに目を瞠った。

「あ……」

眼帯に覆われていたダラスの片目は、ウルスと同じ――伝承の大神と同じ、黄金色をしていたのだ。

思わず振り返って見ると、ウルスも言葉を失い、大きく目を見開いてダラスを見つめている。しかし数瞬後、その場の誰よりも早く我に返った白狼の王は、低い声で彼の腹心に命じた。

「……ラシード。調べよ」

「……っ、は……！」

居住まいを正したラシードが、早足で階段を降り、ダラスの前に立つ。黒狼の獣人であるラシードは、動揺している衛兵たちを後方に下がらせると、己とそう変わらない体躯のダラスに歩み寄り、硬い声音で告げた。

「その瞳、検分させていただきたい。よろしいか」

「おう、好きにしな」

肩をすくめたダラスが、立ったまま両腕を組む。ラシードに瞳を検《あらた》められている間、ダラスはじっとウルスと視線を合わせたまま、微動《びどう》だにしなかった。

「……本物のようです」

ダラスの黄金色の瞳を調べたラシードが、ウルスのもとに戻ってきてそう告げる。そうか、と強ばった表情で頷くウルスを見つめて、アディヤはぎゅうっと胸元の衣を握りしめた。

（本物……。じゃああの人はやっぱり、ウルスのお兄さん……？）

トゥルクードを照らす夜半の月は、狼の眼差し。

この国に旧くから伝わる詩の一節は、大神の血を引くトゥルクード王が、その黄金の瞳で国を隅々まで見守っていることを謳ったものだ。

ダラスはその瞳を、トゥルクードの王たる者である証を持っているのだ――……。

（……ウルス）

心配になって、アディヤはウルスの大きな手をぎゅっと握りしめた。いくらウルスでも、亡くなっているはずの双子の兄が突然現れて、動揺しないはずがない。

険しい表情を浮かべたウルスが、まっすぐダラスを見据えたまま尋《たず》ねる。

「……お前の瞳が紛い物でないことは、分かった。だが、記録では確かに私の兄イルウェスは亡くなっている。そのことはどう説明する？」

低い声で問われたダラスが、躊躇うことなく切り出した。

「これは育ての親から聞いた話だが、三十年前に生まれた時、第一王子は息をしていなかったそうだ。その後、奇跡的に息を吹き返したが、その時にはもう白狼の弟が生まれていた」

あんただ、とまっすぐウルスを見据えて、ダラスが言う。ウルスは頑《かたく》なな表情ながらも、その視線を真正面から受けとめていた。

腕を組んだまま、ダラスが続ける。

「王妃は産後すぐ意識を失い、その後も肥立《ひだ》ちが悪く寝込んでいて知らなかったらしいが、前王は第一子が息を吹き返したことを知りながらも、その事実を隠すことを選んだ。いくら黄金の瞳を持つといっても片目だけ、しかも灰色狼で体も弱い兄よりも、双眼とも黄金、なにより伝承の大神と同じ白銀の被毛を持つ健康体の弟の方が次の王にふさわしいと考えたんだろう。ま、息を吹き返したと言っても、虫の息だったらしいしな。兄はまともに育たないと判断したんだろう」

自分の半生だというのに、他人事のように語るのはそれが赤ん坊の頃のことで、彼にも記憶がないからだろう。ぐっと表情を強ばらせたウルスが、低い声を響かせる。

「……我が父は、そのような非道な行いをする方ではない」

「あんたにとっちゃ、そうかもしれないがな。少なくとも俺にとっちゃ、殺されかけた相手ってだけの話だ」

さらりとした口調ながら、その黄金の瞳の奥には実の父に対する静かな怒りが燃えていた。

敬愛する父王への非難にますます眉間の皺を深くしたウルスだが、ダラスは意に介した様子もなく話を続ける。

「前王は赤ん坊をカマル山に捨てるよう、侍女に命じた。だが、哀《あわ》れに思ったその侍女は、密《ひそ》かにジャラガラの知人に赤ん坊を託した。……それが、俺だ」

するとダラスは、本当に生まれてすぐ、このトゥルクードを出たということだろうか。

こく、と固唾を呑んだアディヤは、緊張しながらも質問した。

「それが真実なら、どうして今更名乗り出たんですか……？」

いくらトゥルクードがつい先頃まで近隣諸国との国交を断っていたとはいえ、事は王位に関わる。幼い頃に育ての親から出自《しゅつじ》について聞かされていたのなら、今の今まで自分が長子だと名乗り出なかったのは不自然だ。

そう考えたアディヤに、ダラスが肩をすくめて答える。

「実はこの話を聞いたのは、つい最近でな。俺は育ての親と、二十五年前に一度生き別れてんだ。なんせ五歳の頃のことだから詳しいことはもう覚えちゃいないが、多分暴動に巻き込まれでもしたんだろう。その頃にはどうにか人間の姿をとることができてたから、スラム街で同じような境遇《きょうぐう》の奴らと一緒に育った」

「……一度ということは、その育ての親とは再会したのか」

淡々と尋ねるウルスに、ダラスが頷く。

「ああ。三年ほど前か、トゥルクードの王族は獣人だ、なんて噂を耳にしてな。ずっとこの姿は呪いの類《たぐ》いじゃねぇかと思ってたから、最初は俺と同じ姿形の者がいるなんて信じられなかった。だが、とにかく確かめようと育ての親を探して、さっきの話を聞いたんだ。……まあ、その時にはもう父親は死んでたし、母親も俺にこの話をしたすぐ後に病気で死んじまったがな」

「あ……」

育ての親と死別したというダラスに、アディヤは思わずきゅっと眉を下げてしまう。しかしウルスは、腕の中のアディヤを改めて強く抱きしめると、大きく息をつきながら呟いた。

「……到底信じられぬな」

グルル……、と低い唸り声を上げたウルスが、ダラスを見据えて続ける。

「今の話、すべて育ての親とやらから聞いたものなのだろう？　しかもその者は他界しているなど、いくらなんでも都合がよすぎる。話が真実だという証拠がまるでないではないか」

「……だが、俺があんたの兄だって証拠はある」

黄金の瞳をぎらりと光らせて反論したダラスに、ウルスが牙を剝《む》いて吼える。

「我が父が、赤子であった兄を捨てるよう命じたと言うのか……！」

「だから、あんたがどれだけ否定しようが、それが事実だって言ってんだろうが……！」

高い天井に、狼たちの咆吼《ほうこう》が響き渡る。

一触即発の空気に誰もが固唾を吞んだ、——その時だった。

「ふえ……」

突如、静まり返ったその場に、小さな声が上がる。

緊迫した場にそぐわない幼い泣き声に、アディヤは目を見開いた。

「……っ、ルト!?」

「ディ……っ、ディディ……っ」

階下の広間の大きな柱の陰から、ルトが姿を現す。小さな手で衣をぎゅっと握りしめ、ふえええぇ、と声を上げて泣く我が子に、アディヤは息もとまらんばかりに驚いてしまった。

（なんで、ルトがこんなところに⁉）

ノールと一緒に中庭で遊んでいたのではないのか。

だが、アディヤが驚いている間にも、ルトはべそべそと泣きながらこちらに向かって歩いてこようとする。

「ち……、ちちうえ……、ディディ……」

どうやらルトは、先ほどのウルスとダラスの咆吼を目の当《ま》たり《あ》にして、すっかり怯えてしまっているらしい。

しかし、その向かう先には灰色の狼、ダラスがいて――。

「ルト……っ！」

慌ててウルスから身を離し、階段へと走ったアディヤの背後から、ウルスも追ってくる。

「待て、アディヤ！　私が……！」

ウルスの制止も構わず、転げ落ちるように階段を駆け下りたアディヤは、しかしそこで大きく目を瞠った。

ゆっくりとルトに近づいたダラスが、その場に膝をついたのだ。

ふ……、と穏やかな風が吹いたように灰色の被毛が消え、なめらかな人間の肌が現れる。

よく日に焼けた精悍《せいかん》な顔は、まるで数多《あまた》の兵を率いる軍神のようだった。

短い灰色の髪と、左右で異なる瞳の色こそ違えど、切れ長の怜悧《れいり》な瞳も、筋の通った高い鼻も、薄く形のいい唇も、ウルスの人間姿のそれとそっくり同じで――。

「おどかしちまって悪かったな、坊主」

ルトと同じ高さに目線を合わせ、ニッと白い歯を覗かせたダラスが、節くれ立った大きな手を伸ばす。

わしゃわしゃと無遠慮に頭を撫でられ、びっくりしたように息をとめたルトを逞しい腕でひょいと抱き上げると、ダラスは固まっているアディヤに歩み寄ってきた。

「あんたらの子供か？　ディディってのは？」

そう聞きながら、アディヤにルトを渡してくる。真っ白な尾をくるりと丸めて足の間に挟み、ディディ、と自分にしがみついてくるルトを抱きしめ、アディヤは驚きながらもなんとか答えた。

「あ……、僕の国の言葉で、父って意味です。僕はイルファーンの出身なので……」

（……そっくり、だ）

近くで見れば見るほど、その顔形は人間姿のウルスに瓜《うり》二つだった。まるで仮装しているウルスを見ているかのような不可思議な感覚に呑まれ、立ち尽くすばかりのアディヤだったが、ダラスはお構いなしに言う。

「ああ、そういやそうだったな。……泣いてばっかじゃディディが困っちまうぞ、坊主」

視線をやわらげたダラスが、もう一度ルトの頭を撫でようとする。しかし、それより早く、ウルスがその間に割って入った。

「……私の宝に触れるな」

牙を剝き、低く唸って威嚇《いかく》するウルスに、ダラスが鼻白んだような顔で一歩後ずさった。

「別になにもしやしねぇっつの」

肩をすくめてみせたダラスが、手にしていた眼帯を付け直す。

人間姿になると両眼共翡翠色に変化するウルスとは異なり、彼は獣人姿と同じく片目が黄金のままだった。そのままでは目立つため、普段から眼帯を付けているのだろう。

手慣れた様子で頭の後ろで紐を結ぶダラスに、ウルスが警戒心もあらわに尋ねる。

「……なにが望みだ」

ピンと張りつめた低い声に、アディヤはルトを抱きしめながらこくりと喉を鳴らす。

　真偽はともかく、ダラスがウルスの兄だと主張するからには、なにか目的があるのだろう。ただ単に己が何者であるかを確かめたいだけならば、こんなふうにウルスと真っ向から対立するような態度は取らないはずだ。

「金か、名誉か、それとも……」

　問いかけたウルスに、ダラスがはっきりと告げる。

「——王位だ」

「……っ」

　大きく息を呑んで、アディヤはダラスをまじまじと見つめた。

（王位、って……）

　しかし、ウルスはある程度その答えを予想していたのだろう。広い肩を強ばらせると、唸り混じりにきっぱりと答えた。

「この国の王は、私だ」

　堂々としたその背は、長年この国を守ってきた国王たる威厳に満ち満ちている。

　揺るぎないウルスの答えに、けれどダラスは一歩も引くことなく反論した。

「ああ、今はな。だが、王位は長子が継ぐものと相場が決まっているだろう。……俺こそが、前トゥルクード王の第一子だ。この国の王位は、本来は俺のものだ」

「戯《ざ》れ言を……！」

　再度視線を険しくしたウルスが、その豊かな被毛を怒りに膨らませ、ウウウッと唸り声を上げる。しかし、ひっと怯えたような声を上げるルトに気づいたウルスは、静かに深呼吸を繰り返し、じょじょに怒りを鎮《しず》めていった。

「……王位は、個人の所有物ではない」

　抑えつけるような低い声で、ウルスが告げる。

「私はこの国を、民から預かっているのだ。それを徒《いたずら》に騒がせようなど、たとえどのような意図であれ許さぬ……！」

「……俺は、俺の正当な権利を返せと言っているだけだ」

ウルスの険しい視線を受け、ダラスも翡翠色の瞳をきつく眇める。

今度こそ二人が一戦交えるのでは、とハラハラしながらルトを抱きしめていたアディヤだったが、その時、それまでウルスの傍らに控えていたラシードが一歩前に進み出た。

「ともかく、ダラス殿。あなたの話が真実かどうか、調べさせていただきたい。少なくとも、王室の記録ではイルウェス様は死産であったとなっているのですから」

「………………」

「その黄金の瞳は確かに、直系の王族にしか現れないもの。ですが、それだけであなたをイルウェス様と認めることは難しいこと、どうかご納得いただきたい」

調査のために時間をもらいたいと言うラシードの言葉に、ダラスも不承不承といった様子で頷く。

「……分かった」

踵《きびす》を返したダラスが、ゆっくりとした足取りで出口に向かいつつ言う。

「一週間後にまた来る。それまでに、結論を出しておけ」

こちらを一度も振り返らないまま、ダラスが謁見の間を出ていく。

その背をじっと見つめるウルスを見上げて、アディヤは腕の中のルトをぎゅっと抱きしめた。

「ディディ？」

「……うん、大丈夫。……大丈夫だよ」

ルトだけでなく、自分自身にも言い聞かせるようにそう呟いて、アディヤはそっと、ため息を逃がした。

静まり返った高い天井に響いた扉の閉まる音までもが、心を騒がせるようだった。


――その夜、ウルスの執務室には重い空気が流れていた。

ソファに座ったウルスの隣に腰かけ、アディヤは一同を見渡す。執務室にはラシードの他、侍女長と王室付き医師のナヴィドが集まっていた。

無論、昼間起こった出来事について話し合うためである。

あの時、謁見の間にいたルトは、どうやらノールとのかくれんぼの途中でこっそり中庭を抜け出したらしい。ジアに会いたくて謁見の間に忍び込んでしまったルトだったが、結局あんなことがあったため、ジアの両親にはまた日を改めて王宮に来てもらうよう、詫びを伝えて帰ってもらっていた。

すでに夕食をとったルトは今、ノールに寝かしつけてもらっている。怖い思いをしたばかりか、ジアと遊べなかったことでずっとぐずりっぱなしだったから、きっと今頃ノールは手を焼いているだろう。

後で自分も様子を見に行かなければ、とアディヤが思ったところで、ナヴィドが口火を切る。

「……当時、王妃様の出産には、私が医師として付き添いました」

長年トゥルクード王家に仕え、アディヤがルトを授かった際にも力になってくれた老齢の医師は、困惑しきりといった様子で証言した。

「王妃様は元々お体が弱く、双子を身ごもられたとあってそのご負担は計り知れないものでした。予定日より早く破水され、急ぎ御子様方を取り上げたのですが、先にお生まれになったイルウェス様は残念ながら息をされておらず……、必死に蘇生《そせい》を試みましたが、ついにその目が開くことはありませんでした。私が直接脈を確かめましたので、間違いございません」

ナヴィドの言《げん》を受け、侍女長も頷く。

「……その時のことは、私もよく覚えています。当時私はラシードを産んだばかりでお暇《いとま》をいただいていましたが、王妃様に我が子の顔を見せに王宮へ上がっていたのです。ナヴィド先生から死産を告げられた王は大層お嘆きになり、薬で眠っていらっしゃる王妃様がどれほど悲しむだろうと案じていらっしゃいました」

第一子が死産、しかし続いて生まれた第二子は健康体の上、伝承の大神と同じ金眼の白狼とあり、王宮は悲喜こもごもで大変な騒動だったらしい。

あの日は本当に、嵐のような一日でしたと当時を振り返り、侍女長が続ける。

「王は、第一王子様にイルウェス様とお名を付けられた後、当時の大神官に遺体をお預けになりました。そして、王妃様がお目覚めになる前に荼毘《だび》に付すよう、お命じになったのです」

「……確か、イルウェス様は皮膚病を患《わずら》われていたと言っていましたね、母上」

ラシードが尋ねると、侍女長は痛ましそうな顔つきで言った。

「ええ。私も王に、たとえ死産であっても生みの母として我が子の顔を見たいはず、せめて王妃様がお目覚めになるのを待ってからご葬儀をと掛け合ったのですが、実際にイルウェス様のお顔を拝見して、王のご配慮ももっともだと納得せざるを得ませんでいた。肌は爛《ただ》れ、とてもお可哀想なお姿で……。もしあのお姿をご覧になっていたら、王妃様は余計に胸を痛められたに違いありません」

「では、母は兄の姿を見ていないのか？」

驚いたようにに聞いたウルスに、侍女長が躊躇いがちに頷く。

「……はい。王は、なによりも体の弱い王妃様を慮《おもんぱか》っておいででした。実際、王妃様はそれから三日間、生死の境を彷徨《さまよ》っておいでで……」

「……そうだったのか」

ウルスも、母の産後の肥立ちが悪かったとは聞いていたようだが、そこまでとは知らなかったのだろう。唸ったウルスに、侍女長が続ける。

「王は、後々王妃様から責められることもご覚悟の上で、イルウェス様のご葬儀を進められました。ですが、意識を取り戻し、事の次第を聞いた王妃様は、深く嘆き悲しみながらも、誰も責めたりなさいませんでした。……王妃様に元の穏やかな笑顔が戻ったのは、その後一年以上たってからのことです」

同じ子を持つ母として、思い返すだけで胸が痛むのだろう。表情を曇らせた侍女長を見つめて、ウルスが口を開く。

「……私が幼い頃、母は月に一度、かかさず霊廟《れいびょう》に籠《こも》っていた」

記憶を辿るように目を細め、ウルスは重々しく低い声で続けた。

「今思えばあれは、兄イルウェスの月命日だったのだろう。父も、その日だけは政務を早く切り上げ、母に寄り添って霊廟に祈りを捧げていた。……兄が本当は生きていた、しかも父がそれを承知で兄を捨てるよう命じたなど、あるはずがない」

敬愛する父が幼い我が子を捨てるような真似をしたとはどうしても信じられないのだろう。

苦々しげに言うウルスだが、ナヴィドは躊躇いがちに告げる。

「……しかし、亡くなられたイルウェス様は確かに翡翠と黄金のオッド・アイでいらっしゃいました。このことは、王室の記録にすら残しておりません。

直接確認した私と王しか知らない事実です」

記録に残さなかったのは、混乱を避けるためだろう。

黄金の瞳を持つ王家の男子は、神子と結ばれる運命の王と伝わっている。いくらその後に両眼とも黄金の弟が生まれたとはいえ、死産だった第一子も黄金の瞳の持ち主だったとなれば、それを凶兆《きょうちょう》だと思う国民も少なからずいるだろうことは、想像に難《かた》くない。

射貫《いぬ》くように鋭かったダラスの眼差しを思い出しながら、アディヤはラシードに聞いた。

「ラシードさん。今まで、黄金の瞳を持つ獣人は直系の王族にしか生まれていないんですか？」

「はい。あれから記録を調べ直しましたが、私のような傍系の王族の中に、そのような者はおりませんでした。黄金の瞳の獣人は必ず直系の王族として生まれ、当時の神子と結ばれています」

（神子と……）

膝の上で拳《こぶし》をぎゅっと握りしめ、アディヤは俯《うつむ》いてしまった。

ウルスが否定したように、アディヤもウルスの父が生まれたばかりの我が子が生きていると知っていて捨てるよう指示したとは思えないし、思いたくない。

けれど、あのダラスという男は、本当にウルスにそっくりだった。

もしあの瞳と髪がウルスと同じだったら、自分でも見分けがつかないかもしれないと思ってしまうほどに。

詳しいことはこれから調べなければ分からないけれど、あれほど似ているのだ。少なくともダラスがウルスの近親者であることは間違いないだろう。

もちろん、もしあのダラスという男が本当にウルスの兄だったとしても、それだけの理由でダラスに王位を譲るわけにはいかない。

長年この国を治めてきたウルスこそが王であるべきなのは、明白だ。

──だというのに、どうしても胸が騒ぐ。

（もしも……、もしも、ウルスが王位を追われるようなことが起きてしまったら？）

衛兵の報告では、ジャラガラから来たというダラスは、数人の仲間を率いているとのことだった。彼もまた、人の上に立つ資質を備えた人物ということなのだろう。

もし、なにか想像もつかないようなことが起きて王位を簒奪《さんだつ》されてしまったら、ウルスは、この国は、どうなってしまうのだろう。

ルトは、……自分は？

そのようなことが起きるはずはない、大丈夫だとそう思うのに、信じているのに、それでも不安が拭《ぬぐ》いきれない。


物事に、絶対はない──……。

ぐっと肩を強ばらせたアディヤをちらりと見やったウルスが、低く唸る。

「……瞳の色については、火葬する前に遺体を検めることが他の者にもできたはずだ。たとえ記録に残っていないとしても、その筋から情報が漏れ、あのダラスとやらが己の瞳に細工を施した可能性も捨てきれない」

憮然《ぶぜん》とした表情でそう言ったウルスは、隣に立つラシードに指示した。

「ラシード、お前のことだ。どうせあの男を尾行させているのだろう。気づかれぬよう、身辺を探れ。ジャラガラにも人をやって、奴の情報を集めさせよ」

「は、御意《ぎょい》のままに」

かしこまったラシードに、ウルスはため息混じりに告げた。

「それから、明日はカマルの大神殿に赴《おもむ》くことにする。当時の大神官は病死しているが、あの神殿には長年仕えている巫女や神官も大勢いるからな」

大神殿のあるカマル山は、ジャラガラとの国境に跨《また》がって位置しており、内乱続きの隣国の情勢についても詳しい情報が入ってくる。

もしかしたら、あのダラスのこともなにか分かるかもしれない。

表向きは視察という形で、大神殿の者たちにそれとなく話を聞いてくると言うウルスに、アディヤは慌てて言った。

「あの……っ、僕も一緒に行きます」

「アディヤ……。……だが」

「ウルスが急な視察なんて、不思議に思われるかもしれません。でも、僕が行きたいって言い出したってことにすれば、誰も不審がらないと思います」

急な視察となれば理由を聞かれるだろうが、神子であるアディヤが大神殿で祈りを捧げるためとなれば、深く理由を追求されはしないだろう。

アディヤの言い分を聞いたラシードが、少し表情をやわらげて頷く。

「それがよろしいでしょう。なにしろ、ご成婚から四年が過ぎ、ルト様がお生まれになった今も陛下がアディヤ様のそばを離れたがらないというのは、民の間でも有名な話ですから。知っていますか、陛下。お二人がご一緒に城下を視察されている時は必ず陛下の腕の中にアディヤ様がいらっしゃる、陛下のお目にはアディヤ様しか映らないまじないがかけられていると、巷《ちまた》ではもっぱらの噂だそうですよ」

まじないとまで言われたウルスが、眉間に皺を寄せて唸る。

「……きちんと視察もしている」

「当たり前です。でなければ、この執務室から一歩も出しません」

にこ、と笑みを浮かべながらさらりと恐ろしいことを言うラシードに、アディヤは恐縮してしまった。

「すみません。気をつけてはいるんですが、どうしてもウルスに抱き上げられてしまって……」

衛兵やラシードたちの前で抱き上げられるのもまだ少し恥ずかしいくらいだし、なにより国民の前でそんな真似をしたらウルスの国王としての威厳が損なわれてしまうからと、何度もやめるよう言っているというのに、ウルスはまるで聞く耳を持ってくれない。

次にまた抱き上げられたらもっと強く拒否しないと、と思いかけたアディヤだったが、ラシードはにこやかにそれを否定した。

「いいえ、是非《ぜひ》そのままでお願いいたします。調査によれば、仲睦まじいお二人のご様子に国民の王室への好感度は右肩上がり。最近では、陛下がアディヤ様を抱き上げていないとそれだけで、ケンカでもされたのか、早く仲裁をと私のところに苦情が寄せられるくらいですから」

「そ……、そうなんですか……？」

戸惑って首を傾げたアディヤに、そうなんですと苦笑して、黒狼の腹心はそれでは、とウルスに向かって一礼した。

「……万事《ばんじ》手配して参ります」

「ああ、頼む」

表情を引き締めたラシードに、ウルスが頷く。侍女長とナヴィドも、ウルスとアディヤに改めて向き直り、口々に告げた。

「陛下、アディヤ様。イルウェス様のこと、私もそれとなく他の古株の侍女に聞いてみます」

「私も、当時の診療録など、もう一度洗い直してみます」

「……すまぬな。内密に頼む」

はい、と一礼した彼らが退出し、執務室にはアディヤとウルスのみが残された。

深くソファに身を預けたウルスが、大きく息をつく。疲れた横顔に、アディヤはソファから腰を浮かして言った。

「……今、お茶を淹《い》れます」

先ほどは不安に襲われて考え込んでしまったけれど、亡くなっているはずの兄と名乗る男が急に現れただなんて、ウルスの方が気が動転していて当然だ。

ウルスの気持ちが少しでも休まるようにお茶を淹れようと思ったアディヤだったが、大きな手にそっと手首を摑まれる。

「よい。それよりも、こちらに来てくれ、アディヤ」

「あ……」

手を引いて導かれ、アディヤは戸惑いつつもその膝に腰を下ろした。アディヤを横抱きにしたウルスが、じっと瞳を見つめながら口を開く。

「……不安な思いをさせて、すまぬ」

「……やっぱり、気づいてましたか」

強い神通力を持つウルスは、匂いで近くにいる者の感情が大体読み取れる。先ほどのアディヤの不安にも、匂いで気づいていたのだろう。

「一番大変なのはウルスなのに、僕が不安になっていたら駄目ですよね。すみません」

謝ったアディヤに、しかしウルスは首を横に振って言う。

「あのようなことが起きれば、誰でも不安を覚える。ましてやアディヤは今まで、私に死産の兄がいたことも知らなかったのだからな。……驚いたであろう？」

気遣わしげな色を浮かべる狼王の瞳を見つめ返し、アディヤはこくりと頷いた。

「はい。あんな悲しいことがあったんですね」

侍女長の話を思い出し、俯いてしまったアディヤに、ウルスも沈んだ声で言う。

「ああ。……父も母も、私の前では滅多に兄のことを口にしなかった。しかし、二人とも心の奥でいつも兄を想っていたことは疑いない。廟で祈りを捧げている時、二人はよく言っていた。『イルウェスのためにもウルスを立派に育て、この国を導くに足る王にしなければ』と……」

黄金の瞳をきつく眇め、ウルスが苦しい胸の内を吐露《とろ》する。

「私の知る父は、厳格な王ではあったが優しく誠実で、なにより家族を大切にする方だった。誰よりも母を愛し、王としてかくあるべきという姿を私に示し続けて下さって……。そんな父が、我が子が生きていると知っていて捨てるよう命じたとは、到底思えない。……思いたくない」

「ウルス……」

苦悩を滲ませるウルスに、アディヤはそっと手を伸ばした。豊かな被毛に覆われた首元をそっと抱きしめ、言う。


「……もしもあのダラスさんの話が本当だとしても、それはきっと、なにか事情があってのことだったに決まっています」

アディヤ、とウルスが呟く。

ウルスの胸元の被毛に頰を埋めるようにして、アディヤは自分よりずっと大きな己の伴侶をぎゅっと抱きしめた。自分の腕では彼をまるごと全部包み込んであげることができないのが、今ばかりは少し悔しかった。

「だって、ウルスを見ていたら分かります。お父さんもお母さんも、とても愛情深い方だったんだろうなって。……とても優しい方だったんだろうなって」

城下でも、未だに先王夫妻を偲《しの》ぶ民は多くいる。

嵐が起きればすぐに近衛隊を派遣して救助を行ってくれた、飢饉《ききん》になりかけた時には私財を投げ打って民の暮らしを支えてくれた、子供が生まれると必ず国王からの祝い金が届いた――……。

しきたりにより、本来の獣人の姿はおろか、人間の姿でさえも、国民の前にさらすことはめったになかった先代の王だが、それでも国民一人一人に寄り添った政《まつりごと》を行う優しい王だったという逸話《いつわ》は、数え上げたらきりがない。

「そんな方が、子供が生きていると知っていて捨てるよう命じたとは思えません。それに、僕も親になって分かったけど、自分の子供は他のなによりも大切です」

もし、イルウェスのようなことが自分の子供に、ルトに起こったら。

そんなことになったら、自分はなにをしてでもルトを諦めないだろう。たとえわずかでも息があるのなら、その命を繋ぎとめる方法を必死に探すはずだ。

「弟の方が健康だからとか、伝承の大神と同じ姿形だからとか、そんな理由で子供を見捨てる親なんていません。ましてやウルスのお父さんがそんなこと、するはずありません」

「アディヤ……」

きっぱりとそう言ったアディヤに、ウルスの肩から少し強ばりが解ける。

「そうだな。お前の言う通りだ」

グルル……、と落ち着いた様子で喉を鳴らしたウルスに、アディヤはほっとしながら頷いた。

「そうです。……だから、ダラスさんが本当にウルスのお兄さんなのか、どうしてジャラガラに行くことになったのか、ちゃんと調べてから結論を出しましょう？　まだなにも分からないんですから、あまり気に病まないで」

「ああ……。……ありがとう、アディヤ。結局、お前に気を遣わせてしまったな」

すまぬ、と短く謝るウルスに、アディヤは微笑んで首を横に振った。

「夫婦なんですから、当たり前です」

国王として、誰にも弱音を吐くことができないウルスなのだから、せめて自分が彼の苦しみを受けとめたい。自分は彼の、伴侶なのだから。

もう一度ぎゅっとウルスに抱きついたアディヤの髪を、ウルスがその黒い爪の先でそっと梳く。決して自分を傷つけることのない大きな手に身を委《ゆだ》ねながら、アディヤは改めて思った。

（……なにがあっても、僕はウルスと一緒にいよう）

──確かに、物事に絶対はないし、この先なにが起こるか分からない。

でも、自分は神子であるからウルスと結婚したのではない。彼を好きになったから、伴侶として添い遂げることを誓ったのだ。

もちろん、自分が神子であることを否定するつもりはない。

男で、外国人の自分を、それでも神子として受け入れてくれたトゥルクードの人たちの役に立ちたいし、この国を豊かにするという役目も果たしたいと思っている。

けれど、神子であるからという理由で、この国の運命に巻き込まれるわけにはいかない。

万が一ウルスが王位を追われるようなことがあったとしても、それでも自分の居場所はここ、ウルスのそばなのだから──……。

指先が埋まってしまうほど豊かな被毛に覆われた首元に腕を回し、アディヤは白い牙が覗く口に小さくくちづけながら囁いた。

「愛してます、ウルス。僕はずっとずっと、あなたのそばにいます」

「……愛いことを」

ふわ、と白銀の尾を揺らしたウルスが、アディヤの小さな体を抱きすくめるようにして瞳を細める。

「案じずとも、たとえ何が起きようと、私はお前を手放しはせぬ。……誰にも、お前を奪わせはせぬ」

「ウルス……」

「愛している、アディヤ。私の伴侶はお前ただ一人で……、お前の伴侶も、私だけだ」

はい、と頷くアディヤの声が、白狼のくちづけに吸い取られ、甘く溶けていく。

閉ざされたカーテンに映る抱きしめ合う二人の影は、夜が更けても離れることはなかった──。


馬車のタラップを先に降りたウルスが、振り返ってアディヤの両脇を持ち、ひょいと抱え上げる。

「ありがとうございま……、……ウルス」

お礼を言いかけたアディヤは、そのまま片腕に腰かけるように乗せられて、間近にある白狼の顔をじとっと見つめた。

「民に仲睦まじい姿を見せよと、ラシードも言っていたではないか」

しれっと開き直ったように言うウルスは、先日の一件ですっかりラシードのお墨付きをもらった気でいるらしい。

(これはなにを言っても降ろす気はないな……)

アディヤは小さくため息をついて、出迎えてくれた大神官、スレンに謝った。

「……すみません、スレン大神官。こんな格好で」

「いえいえ、お気になさらず。仲のよろしいお二人を拝見していると、それだけで寿命が延びる心地ですから」

少し間延びしたような口調でにこにことあたたかな微笑みを浮かべるスレンは、近年代替わりして大神官となったばかりで、歴代の大神官の中で最も若く、ウルスとそう年も変わらない。

いつ会っても物腰やわらかなスレンに、すみません……ともう一度恐縮して、アディヤはまっすぐ前を向いているウルスの腕の中で小さく身を縮めた。

ウルスの兄だと名乗るダラスが王宮に現れた翌日、アディヤはウルスと共にカマル山麓《さんろく》の大神殿を訪れていた。祈りを捧げるためという名目だが、生後間もなくジャラガラに追いやられたというダラスの話が本当かどうか、当時を知る者から話を聞くためである。


こちらへどうぞ、と神殿の中へと案内してくれるスレンの背を見つめながら、アディヤは考えに耽《ふけ》った。

(スレンさんも当時はまだ子供だっただろうから、詳しいことは知らないだろうな……。でも、この神殿に仕えて長いはずだし、前の大神官からなにか聞いているかもしれない)

先代の大神官は、三十余年に渡ってその職務につき、アディヤが見つかるまでの間、仮の神子として娘をウルスの許婚《いいなずけ》に据えるほど権力を握っていた人物だった。しかし、その娘がアディヤの暗殺を企《たくら》んだことで失脚し、間もなく病死したという。

(ウルスの話だと、前の大神官は悪事こそ働くことはなかったけれど、すごく厄介な人だったたって……)

己の権力を誇示したいがためだけにウルスの政策に片端から異を唱《とな》え、なにかにつけしきたりを持ち出して行動を制限し、神殿や神官の利益ばかり要求する。

年若くして王となった当初、神官たちの後ろ盾なしには国政を進められなかったという経緯もあり、ウルスはその大神官には相当手を焼かされたらしい。

表向き、国民のため、亡き先王夫妻に代わって親心から、などと理由を付けられては、思うように身動きが取れなくてな、とため息をついていたウルスを思い出しつつ、アディヤはまず通された祭壇の前で祈りを捧げた。

カマルの大神殿は、トゥルクードの国内にある神殿の総本山で、伝承の大神が祀《まつ》られている。

(おかげさまで、今年もつつがなく収穫の時期を迎えることができました。どうぞこれからもこの土地を、トゥルクードの人たちをお見守り下さい……)

大神殿を訪れる建前ではあったけれど、こうして時節ごとに大神へ祈りを捧げるのは、神子としての大事な役目でもある。アディヤはウルスと並んで祭壇の前に膝をつき、心を込めてしっかりと祈りを捧げた。

二人が祈りを終えたところで、スレンが声をかけてくる。

「お疲れ様でございました。奥に部屋を用意していますので、どうぞこちらへ」

「はい、ありがとうございます」

お礼を言いつつ、アディヤはウルスと目線を交わし合った。

スレンは先の大神官とは異なり、権力にはまるで興味がない、根っからの善人だ。ウルスの政策方針にも概《おおむ》ね賛同してくれており、二人の味方でもある。

しかし、それでも今回のことは王位に関わる。情報が漏れるのを防ぐためにも、スレンにもダラスのことはまだ伏せておこうということになっていた。

通された応接室のソファに腰かけたウルスが、早速スレンに話を切り出す。

「実は、今日ここに来たのは、単に祈りを捧げるためだけではなくてな。少し話を聞きたくて来たのだ」

「話ですか？　なんでしょう」

首を傾げたスレンに、アディヤは内心少し緊張しながら話し始めた。

「……先日、ルトに王室の歴史を話そうと家系図を広げたんですが、その時に見慣れない名前を見つけたんです。聞いたところ、ウルスには双子のお兄さんがいて、死産だったと……」

アディヤの話を聞いたスレンが、頷いて言う。

「イルウェス様のことですね。ええ、私もそのように聞いています。先王からご遺体をお預かりし、こちらの神殿で密かに葬儀を執《と》り行ったと……」

「ああ、そのことだ。私もアディヤに兄のことを聞かれたのだが、両親からはあまり詳しい話を聞いていなくてな。……先の大神官から、なにか聞いていないか？」

ウルスの問いかけに、しかしスレンは少し困ったような表情を浮かべる。

「先代から、ですか……。実は私は先代から煙たがられていまして、神官としてお仕えしていた時もあまり言葉を交わしたことはなかったんです。後継と決まった時にはもう、先代はこの神殿を去られていましたし……」

「そう、ですか……」

どうやらスレンも、人づてに聞いた話以上のことは知らないらしい。

少し落胆したアディヤだったが、その時、部屋の扉を控えめにノックする音が聞こえてきた。

「失礼いたします。お茶をお持ちしました」

「ああ、いいところに。どうぞ入って下さい、ターニャさん」

立ち上がったスレンが、扉を開ける。するとそこには、小柄な老巫女が立っていた。にこにこと優しげな笑みを浮かべ、お茶とお菓子を載せたお盆を手にしている。

「まあまあ、ありがとうございます、スレン様」

「いえ、これくらい。それより、ちょうどよかった。あなたに聞きたいことがありまして」

「私に、でございますか？」

驚いたように聞き返したターニャに、スレンがにこやかに頷き、こちらは私が、とお茶のお盆を受け取る。

申し訳ありませんと恐縮するターニャを部屋に招き入れつつ、スレンはどうぞ、とウルスとアディヤの前にお茶とお菓子を置いて言った。

「こちらのターニャは、この大神殿に一番長く仕えている巫女なんです。彼女なら、先代からなにか聞いているかと思いますよ」

「お初にお目にかかります、陛下、アディヤ様。ターニャと申します。私でなにか、お役に立てることがございますでしょうか」

腰を落とし、深々とお辞儀《じぎ》をしながら言うターニャに、アディヤは慌ててソファを勧めた。

「初めまして、ターニャさん。あの、どうぞお掛け下さい。ゆっくりお話を聞かせていただきたいですから」

「そんな、恐れ多い……。私はこちらで十分でございますから」

国王夫妻と共に席に着くなどとんでもないと遠慮する彼女だが、年配の彼女を立たせたまま話を聞くなんて落ち着かない。するとスレンが、苦笑しながら自分の横の席を示した。

「ターニャさん、アディヤ様も仰って下さっていることですし、こちらへどうぞ」

「大神官様……、……はい、ではお言葉に甘えて」

ようやく頷いたターニャが、それでも遠慮しつつソファに腰かける。どうぞ、とアディヤたちにお茶を勧めつつ、スレンがターニャに話を振ってくれた。

「ターニャさん、実は陛下とアディヤ様は、イルウェス様のことを聞きたいと仰せなんです。確かターニャさんは、イルウェス様のご葬儀にも立ち会われたんですよね？」

「……イルウェス様のことを、でございますか？」

問われたターニャが、小さな瞳を見開き、幾度も瞬きを繰り返す。アディヤはお茶をいただきつつ、不審に思われないようにと急いで言い添えた。

「あの、王室の記録にも詳しいことが書かれていなかったので、少し気になってしまったんです。息子に王室の歴史を話す時に、僕自身が知らないと教えてあげられないと思って……」

アディヤの言葉を聞いたターニャは、戸惑ったように視線を伏せて言った。

「左様《さよう》でございましたか……。ええ、確かにイルウェス様のご葬儀は、先の大神官様と私とで執り行いましたが……」

「その時のこと、思い出せる範囲でよいから話してくれぬか」

じっとターニャを見つめつつ、ウルスが言う。するとターニャは、より一層緊張した様子ながらもこくりと頷き、話し始めた。

「……かしこまりました。イルウェス様がお生まれになった際、私と大神官様は王宮におりました。王妃様のご容態が思わしくないと早馬が来て、急ぎ王宮に向かったのです。ですが、到着した時にちょうど、第一王子様が死産であったことが分かり……。王は大神官様にイルウェス様のご遺体をお預けになり、すぐに火葬にするようお命じになりました」

「葬儀はこの神殿に帰ってきてから執り行ったんですか？」

聞いたアディヤに、ターニャが頷く。

「はい。王族の方々のご葬儀は、大神殿で行うしきたりですので……。大神様のご加護のもと、御霊《みたま》が迷わず神々に迎えられるように、聖なる炎でご遺体を焼き清める決まりとなっております。イルウェス様のご遺体も、お預かりしてすぐこの大神殿にお運びし、ご葬儀を。お仕度は私が整えさせていただきました」

（ターニャさんが……）

ということは、イルウェスの遺体に最後に触れたのは彼女ということになる。

こくりと喉を鳴らしたアディヤと同じことを考えたのだろう。隣に座ったウルスがターニャに問いかけた。

「……その時、兄の遺体に変わったことはなかったか？　病で肌が爛れていたとは聞いているが、それ以外でなにか気がついたことは？」

「それ以外で、でございますか……」

ウルスの言葉に、ターニャが少し硬い表情で俯く。しかし、ややあって顔を上げると、彼女は静かに答えた。

「……いいえ、なにも。大変お可哀想なお姿ではございましたが、イルウェス様は穏やかなお顔をしておいででした」

「そう、か……」

唸るウルスに、ターニャが目を伏せる。当時のことを思い出しているのか、つらそうな表情を浮かべている彼女を見つめて、アディヤは考えた。

（ターニャさんがなにも気づかなかったってことは、やっぱりイルウェスさんが息を吹き返していた可能性は低いんじゃないかな……）

どうやら当時の大神官が王から遺体を預かり、この大神殿で葬儀を執り行ったことは間違いのない事実のようだし、もし途中で遺体のすり替えなどがあれば、大神官と共にいた彼女が気づかないはずがない。

「……イルウェスさんはどんな被毛だったか、覚えていますか？　瞳の色とか……」

彼女が見た遺体が本当にイルウェスのものだったのか、念のため確かめようと聞いてみたアディヤだったが、ターニャの答えは王室に残っている記録と同じものだった。

「被毛の色は、お父上と同じ濃い灰色をしていらっしゃいました。瞳も検《あらた》めさせていただきましたが、その……、実は、イルウェス様も黄金の瞳をお持ちでした。とはいえ片方だけで、もう一方のお目は翡翠色をしていらしたのですが……」

「……そうだったんですね。ありがとうございます」

アディヤたちがなにも知らないと思い、配慮した言い方をしてくれたターニャにお礼を言って、アディヤは隣のウルスをちらりと見上げた。

視線を交わしたウルスが小さく頷いて、ターニャとスレンに言う。

「急に押しかけてすまなかった。兄の話が聞けて、嬉しく思う。またなにかあれば、寄らせてもらう」

「ええ、いつでもお立ち寄り下さい」

にこやかに言ったスレンが、お見送りしますと立ち上がる。ウルスと共に席を立ったアディヤは、改めてターニャに感謝した。

「あの、お話を聞かせて下さって、ありがとうございました、ターニャさん」

両手を差し出して握手を求めると、ターニャが顔をほころばせてアディヤの手を包み込みながら言う。

「……アディヤ様はお母様によく似ていらっしゃいますね。お優しいところが本当にそっくり」

「あ……、母のことを覚えていらっしゃるんですか？」

その昔、アディヤの母、ラビアはこの大神殿に仕える巫女だった。修行の場であるカマル山の山中で異国人の父と出会い、駆け落ちしたのだ。

目を瞠ったアディヤに、ターニャが懐かしそうに頷く。

「ええ、もちろん。ラビアはとても聡明な巫女でした。姿を消した時には随分《ずいぶん》心配しましたが、あの子は異国の地で幸せになったのですね……」

そう言い、衣の袖口で目元を押さえたターニャに、アディヤは幼い頃に病死した母を思い出し、じんと胸が熱くなるのを感じながら告げた。

「……母も生前、トゥルクードのことをとても懐かしがっていました。僕は母からこの国の風景や伝承を聞いて育ったんです」

「まあまあ、そうでしたか。きっとラビアは、今も神々と共にアディヤ様を見守ってくれていることでしょう。親にとって子は、なににも代えがたい宝ですから……」

呟いたターニャが、そっと目を伏せる。

アディヤはターニャの小さな手をぎゅっと握って言った。

「今度は是非、母の話も聞かせて下さい。母がこちらの大神殿でどんな生活をしていたのか、お話を伺《うかが》いたいです」

「ええ、ええ、是非。今日はお会いできて嬉しゅうございました」

何度も頷いたターニャに、僕もですと微笑み返し、アディヤはウルスと共に部屋を出た。

廊下まで見送りに出てくれたターニャに手を振るアディヤを見やりつつ、ウルスがスレンに問いかける。

「時にスレン、最近ジャラガラの様子はどうだ？」

「……あまりいい噂は聞きませんね。政府軍と反政府軍の争いは年々激化しているようで、どちらの行動も過激になるばかりです。今や、自分たちの傘下の者以外、見境なく殺戮《さつりく》しているとか」

暗く沈んだ表情でそう答えたスレンに、アディヤは小さく息を呑んで聞いた。

「っ、それって、一般市民もってことですか……?」

「ええ。女子供も関係なく、無差別に殺されていると聞きます。ですが、最近ではそういった一般市民を守ろうとする者たちも現れ始めているようです」

「ほう……、政府軍でも反政府軍でもない、第三の勢力ということか?」

尋ねたウルスと共に、スレンの後についてゆっくり歩き始めたアディヤだったが、続くスレンの言葉は思いがけないものだった。

「ええ。彼らはマーナガルムと名乗っているそうです。月の狼という意味だそうですよ。確か、ダラスという男が束ねているという話で……」

(……っ、ダラスって……)

思わず足をとめ、アディヤはウルスを見上げてしまう。スッと顔つきを変えたウルスは、じっとスレンの背を見つめ、低い声で問いかけた。

「……そのダラスとは、どういう男なのだ?」

前を向いていたため、ウルスとアディヤの様子には気づかなかったのだろう。スレンがのんびりとした口調で答える。

「私もそう詳しくは知らないのですが、どうやらスラム街出身の若手の活動家のようですね。長年続くジャラガラの内紛をおさめようとしているらしく、民衆からは絶大な人気があると、最近神殿に立ち寄った商人が話していました」

「……そうか……」

唸るように呟いたウルスを振り返り、スレンが首を傾げる。

「なにか気になることがおありでしたら、彼について情報を集めておきましょうか?」

「ああ、そうだな。……頼む」

眉間の皺を深く寄せたウルスが、スレンに頷く。厳しい表情を浮かべたウルスに、アディヤは少し心配になって、その長い袖にそっと手を伸ばして囁いた。

「ウルス……」

「……大丈夫だ。案ずるな、アディヤ」

足をとめたウルスが、ふわりとアディヤを抱き上げる。逞しい両腕でしっかりとアディヤを抱きしめたウルスは、その黄金の瞳を眇め、呟いた。

「我が国では、国が二つに割れて争う、隣国のような惨劇は起きぬ。……私が、起こさせぬ」

思いつめたような目をしたウルスのことこそ心配でたまらないのに、スレンがいるここではそれを伝えられない。もどかしさを感じつつも、はいと頷くほかなく、じっとウルスを見つめ続けていたアディヤはだから、気づかなかったのだ。

背後から自分たちをじっと見つめる視線が、あったことに。

その視線に、後悔と躊躇い、そして動揺が満ちていたことに――。


ゴトゴトと小刻みに揺れながら進んでいた馬車の車輪の音が、カラカラという軽やかなものに変わる。舗装されていない森を抜け、石畳の敷かれた王都に入ったのだろう。

ウルスの膝の上に横向きに座り、その逞しい胸元に身を預けていたアディヤは、身を起こして呟いた。

「……もうすぐ王宮ですね」

「……ああ」

じっと床を見つめたまま、ウルスが頷く。アディヤはそっと手を伸ばし、ウルスの頬を包み込んで尋ねた。

「大丈夫ですか、ウルス」

大神殿からの帰路、ウルスはずっと押し黙ったたままだった。スレンやターニャが言っていたことについて考えを巡らせているのだろうと、声をかけず見守っていたが、その表情は未だに晴れない。

「……顔色が悪いです」

ぎゅうっと眉を寄せ、そのなめらかな被毛を指先で梳いたアディヤに、ウルスが少しだけ口元をゆるませて言う。

「世界広しといえども、狼の顔色が分かるのはアディヤだけだろうな」

少し顔を傾けたウルスが、アディヤの手のひらにすり、と鼻先を擦りつけてくる。瞳を伏せてからかうような笑みを浮かべたウルスに、アディヤはふうと息をついた。

「僕が分かるのは、ウルスのことだけです。でも、そんなことが言えるのなら、もう大丈夫そうですね」

「……ああ。心配させてすまなかった」

目を細めたウルスが、アディヤの手を取り、きゅっと握って唸る。

「兄が存命であったとはやはり、考えられない。ターニャの話からも、それははっきりしている。だが、ならばあの男は一体、何者だ？」

「……スレンさんの言っていた、マーナガルムという組織のリーダーは、多分あのダラスさんで間違いないですよね」

月の狼と名乗っていることもそうだが、あのダラスはただ者ではない雰囲気だった。幾人か仲間を従えていたということだったし、スラム街で育ったという話とも一致している。

アディヤの言葉に、ウルスも頷く。

「ああ、おそらくそうだろう。しかし、奴が獣人である以上、我が国の王族の血を引いていることもまた、間違いがない。他国にも我が国のように獣人がいる可能性も考えてみたが……、その可能性は限りなく低いだろう」

「……はい」

もし他国にも獣人がいれば、当然その話は伝わってくるはずだ。しかし、トゥルクードの王族が獣人だと公表し、三年が過ぎてもなおそのような話がないということは、やはり獣人は他国には存在していないと考えていいだろう。

ダラスがトゥルクードの王族の血を引いていることは、やはり疑いない。

「加えて、黄金の瞳を持っているとなると……、ダラスの親は、やはり……」

「……ウルス」

低く唸るウルスの手を握り返して、アディヤは唇を引き結んだ。

直系の王族にしか現れない、黄金の瞳を持っているダラスは、ウルスに限りなく近い血縁関係のはずだ。

濃い灰色の被毛はウルスの父と同じものだし、なにより彼は口調や雰囲気こそまるで異なっているものの、ウルスと瓜二つの顔立ちをしている。

(双子のお兄さんじゃない以上、一番高い可能性としては……、ダラスさんは、ウルスのお父さんが他の女性に産ませた子供ってことになる……)

当然、ウルスもその考えに至っているのだろう。眉間に深く皺を寄せ、険しい顔つきをしているウルスに、アディヤはかける言葉を失ってしまった。

トゥルクード王室は一夫一妻制で、王の精をその身に受けるのは正妃だけという掟《おきて》がある。野生の狼がそうであるように、歴代の王たちは皆、正妃一人を生涯深く愛し抜き、子供ができない場合も側室を設けず、傍系の王族から養子を迎えていた。

ウルスの両親も仲睦まじいおしどり夫婦として有名で、ウルスもそんな両親を深く敬愛している。

その父が、母以外の女性を愛し、子まで生《な》していたかもしれないなんて到底信じがたいし、信じたくないと思って当然だろう。

（僕だって、もし父さんに母さん以外の人との間に子供がいるなんてことになったら、すごく嫌だし、軽蔑すると思う……）

しかも、その子供がろくに庇護《ひご》も受けず、劣悪な環境で育ったとなれば、尚更だ。

俯いたアディヤの頭上で、ウルスが呻く。

「……はっきりしたことは、まだ分からぬ。あの男の出自については、もっと調べを進めねばな。しかしそれはそれとして、あの男を王族と認め、迎え入れてよいものかどうかは、はなはだ疑問だ。内紛の続くジャラガラに見切りをつけ、本気で王位を狙って来たのか、他になにか思惑があるのか……。いずれにせよ、あの男が徒に我が国に混乱をもたらすつもりでいることは間違いないのだからな」

「……そうですね」

頷きながらも、アディヤは内心少し違和感を覚えずにはいられなかった。

（確かに、ウルスの言う通りかもしれない。でも、ダラスさんは本当にそういうつもりで、ただ私欲で王位を狙ってこの国に来たのかな……）

イルウェスを弔《とむら》ったターニャがあそこまではっきりと証言してくれている以上、ダラスが育ての親から聞いたという話は作り話ということになる。

それがその育ての親の作り話なのか、ダラス自身が作り上げた話なのかは分からないが、いずれにせよ彼の語った出自のすべてが真実ではないことは明らかだ。

――けれど。

（……スレン大神官が聞いた話では、ダラスさんは民衆から人気があるって話だった。ジャラガラの内紛をおさめようとしてるって……）

たった一度会っただけのアディヤには、ダラスの人となりまではまだよく分からない。

しかし、今まで民衆のために命をかけて戦ってきた男が、簡単にそれを切り捨てるだろうか。私利私欲で王位を求めるだろうか。

あの時、怯えて泣いていたルトを抱き上げ、優しい表情を浮かべていた彼は、決して悪人には見えなかった――。

(ダラスさんの出自もだけど、彼がどういう人なのかも、もっと知る必要があるんじゃないかな……)

しかし、ウルスはきっとそれを嫌がるだろう。

どうしたものかとアディヤが考え込んだところで、馬車がゆっくりと速度を落として停まる。

「お疲れ様でございました、陛下」

外から声をかけてきたラシードが扉を開け、タラップを下ろす。ああ、と頷いたウルスがアディヤを抱えたまま馬車を降りた、その時だった。

「ちちうえ！　ディディ！」

王宮へと続く長い階段を、ルトが転がるようにして駆け下りてくる。真っ白な尻尾をぶんぶん振っているルトが手を繋いでいる相手を見て、アディヤは驚いた。

「あれ……？　もしかして……」

金色の髪のその子には、見覚えがあった。ウルスの腕から降りたアディヤのもとに駆け寄ってきたルトが、目をキラキラ輝かせながら言う。

「ディディ、ジア！　ジア、きた！」

どうやら昨日会えなかったジアが、改めて王宮に来たらしい。二人の後ろから、大きなタオルを持ったノールが慌てた様子で追いかけてきた。

「ルト様、お拭《ふ》きしますからお待ち下さいと……、アディヤ様、陛下！」

お帰りなさいませ、と息を弾ませる近侍にただいまと返して、アディヤは尋ねた。

「ノール、ジアのご両親が来てるんですか？」

「はい。勝手ながら、私の一存で先にルト様にお引き合わせしました。明日王都を発つとのことでしたので……。ジアの両親は今、控え室に」

「そうでしたか……。ありがとう、ノール」

できればお別れの前に、ルトとジアに一緒に遊ぶ時間を作ってあげたいと思っていたアディヤの意向を汲《く》んでくれたのだろう。ノールにお礼を言ったアディヤは、ふと気づいて首を傾げる。

「あれ、二人とも濡れちゃってるけど、どうしたの？　それにルト、そのぬいぐるみは？」

よく見るとルトとジアの髪や衣服はあちこち濡れており、ルトはジアと繋いでいるのとは反対の手に白い狼のぬいぐるみを抱えている。金色の瞳のそのぬいぐるみに気づいたアディヤに、ルトがぬいぐるみを突き出して笑った。

「ジアのおみみや！　ちちうえといっしょ！」

嬉しそうにふるふるっと尻尾を震わせるルトに、ノールが苦笑して補足する。

「ルト様、『おみみや』ではなく『おみやげ』ですよ。……ジアの両親がルト様に、と。ルト様も大層お喜びで、はじめは二人でぬいぐるみで遊んでいらしたのですが、うっかり目を離した隙に、中庭の噴水に入られてしまって……。すぐに着替えをと思ったのですが、嫌がって逃げ回られて、この有様《ありさま》なんです。さ、二人とも。今拭きますから大人しく……」

しかし、タオルを広げてじりじりと迫るノールを見た二人は、べ、と揃《そろ》って舌を出す。

「や！　ごしごし、きらい！」

「まだあそぶもん！　ね、ルト！」

ねー、と顔を見合わせたルトとジアが、ダッとまた逃げ出そうとする。と、その時、小さな二人の頭上にぬっと大きな影が差した。

「まったく、二人揃ってやんちゃが過ぎるぞ……！」

笑み混じりにそう唸り、大きな手でルトとジアの首根っこをなんなく捕まえたウルスが、二人をまとめて抱え上げる。

「ちちうえ！」

急に抱き上げられたルトとジアが、きゃっきゃと笑い声を上げる。瞳を和《なご》ませたウルスが、笑みを浮かべたままわざとらしくグルルッと唸り声を上げてみせた。

「ノールの言うことを聞けぬ悪い子は、このまま私が食べてしまおうか……！」

「やー！」

黒い鼻先を首すじに擦りつけられたルトが、高い声で笑う。――その時だった。

サアッと、まるで風の色が変わったかのように、ルトの顔が人ならざるものに変化する。一瞬でやわらかな白銀の被毛に覆われたその顔は、幼い狼そのもので――。

「……っ、ルト……！」

驚いて声を上げたアディヤ同様、ウルスもノールもルトを見て唖然《あぜん》としている。ルトのすぐ隣のジアもまた、大きく目を見開いたまま硬直していた。

「……？　なあに、ディディ？」

ただ一人、事態に気づいていないルトが小首を傾げる。

アディヤはまだ衝撃に呑まれたまま、それでもルトを驚かせないよう、できる限り声を落ち着かせて言った。

「ル……、ルト、その……。お顔が、狼さんになってるよ」

「おかお？」

きょとんとしたルトが、自分の手を見てびっくりする。

「ルトのおてて、けむくじゃら！」

いつもの自分の手とあまりに違うことに驚きつつ、怖々とその手で顔を触ったルトが、茫然《ぼうぜん》と呟く。

「……ルト、おかおもけむくじゃら……」

「父と同じ、狼の顔をしているのだ」

目を細めたウルスがそう言うと、ルトはぱちぱちと瞳を瞬かせて首を傾げた。

「ちちうえと、おなじ？」

「ああ。……立派な狼の顔をしている」

やわらかな表情で頷いたウルスに、ルトが誇らしげに顔をほころばせてジアを振り返る。

「えへへ……、ルト、ちちうえとおんなじ。ね、ジア……」

――しかし。

「ふ……っ、う、ううう……っ」

ルトが振り返った途端、ジアはくしゃっと顔を歪めてしまう。ぼろぼろと涙を零し始めたジアを見て、アディヤは慌ててウルスを促した。

「ウルス、いったん二人を……」

「あ、ああ」

頷いたウルスが、二人を地面に降ろす。

「すまぬ、ジア。驚かせてしまったか？」

そっと声をかけたウルスだったが、ジアは一層大きくしゃくり上げると、とことことアディヤに歩み寄り、腕にしがみついてきた。

「ジア……、ごめんね、びっくりしちゃったね」

ウルスの血を引いているルトが、いずれは狼の獣人姿をとれるようになることを知っているアディヤたちでも、突然のことで驚いたのだ。ジアがショックを受けるのも無理はない。

「大丈夫だよ、ジア。ルトはウルスと同じ獣人だから、こういう狼のお顔になるんだよ」

ぎゅうっと抱きついてくるジアの背をぽんぽんと撫で、どうにかなだめようとしたアディヤだが、ジアはしゃがんだアディヤの肩に顔を埋めたまま泣きじゃくるばかりで、なかなか顔を上げようとしない。

ルトは、ジアが急に泣き出した理由が分からず、戸惑っている様子だった。目を丸くして耳を伏せ、狼のぬいぐるみをぎゅっと抱きしめて、そっとジアに声をかける。

「ジア？　なんでないてるの？　どこかいたいの？」

「ち……、ちがうも……、どこもいたくなんか、ないも……」

ひっく、と大きくしゃくり上げたジアが、ちらっと顔を上げてルトを見やり、ふえ……、とまた顔をくしゃくしゃにしながら言う。

「や……、おまえなんか、ルトじゃない……！」

「え……」

「おおかみなんて、ルトじゃない！　おおかみなんて、へんだもん……！」

叫んだジアに、ルトが大きく目を瞠る。

アディヤは焦《あせ》って、必死に二人をなだめた。

「だ……、大丈夫だよ、ジア。狼の顔をしていても、ルトはルトなんだよ。ルトも、気にしないで。ジアはちょっとびっくりしちゃっただけだから」

今までルトは、狼の耳や尻尾はあるものの、顔は普通の人間の子供と同じだった。おそらくジアにとって、ルトはちょっと変わったところはあるものの、他の人間の友達と同じという認識だったのだろう。

ジアはこれまでウルスやラシードに何度か会っていて、獣人という存在自体には慣れているはずだ。

それでも、いきなり友達が獣人になってしまって、どう受けとめたらいいか分からないのかもしれない。

どう伝えればこの姿もルトだと分かってもらえるだろう、と内心頭を抱えてしまったアディヤだったが、その時、ルトの姿がすうっと元に戻っていく。

「……へんじゃ、ないもん。ルトのちちうえは、かっこいいもん……」

そう呟き、人間の顔に戻ったルトは、唇をへの字に曲げ、目にいっぱい涙を溜めていた。

「ルト、ちちうえとおなじで、うれしいもん。だってルトのちちうえは、だれよりもやさしくて、つよいんだもん……」

「……ルト」

大好きな父と同じ獣人姿になれたことが嬉しかったのに、その姿を否定されて、ルトもまたショックを受けてしまったのだろう。

困ってしまったアディヤを見かねて、ウルスがルトをなだめようとする。

「ルト、私もお前が私と同じ姿になって嬉しい。それにな、ジアは急にお前の姿が変わって驚いてしまっただけなのだ。だから……」

ルトの前に膝をつき、ゆっくりと語りかけたウルスだったが、その時、ジアがぐすぐすと泣きながらもルトを睨んで言う。

「……おおかみのルトなんて、きらい」

「……っ」

息を呑んだルトが、大きく目を瞠ってジアに聞き返す。

「な、なんで？」

「だってへんだもん。おおかみのルトなんて、ルトじゃないもん」

「っ、へんじゃないもん！」

反射的に言い返したルトに、ジアも負けじと声を張り上げる。

「へんだもん！　なんだよ、ルトのばか！」

「……っ、ばかじゃないもん！　ジアのばか！」

小さな体ながら、ぶわっと被毛を逆立て、尾を膨らませて、ルトが激昂する。ウーッと唸るルトに、びくっとジアが怯えるのを見て、アディヤは慌てて仲裁に入った。

「こ……、こら、二人とも、ケンカはそこまで。もうやめなさい」

「ディディ、だって……！」

アディヤにとめられたルトが、悔しげに唇を嚙む。ぎゅっとぬいぐるみを抱きしめるルトに、アディヤは言い聞かせた。

「お友達にバカなんて言ったら駄目だよ、ルト。ジアも、おんなじ。二人ともほら、ごめんなさいして？」

仲直りのコツは、すぐにお互い謝ることだ。そう思って促したアディヤだったが、ジアは瞳を潤ませていやいやと首を横に振る。

「ご……、ごめんなさい、しないもん。ぼく、わるくないもん」

「ジア……」

「おおかみのルトなんて、ルトじゃないもん……」

ふえ、と顔を歪めたジアが、また泣き出してしまう。ますます強くしがみついてくるジアにアディヤが困り果ててしまった、――その時だった。

「……へんじゃ、ないもん」

そう呟いたルトが、唇を引き結んで身を強ばらせ、ぶるぶると震え出す。

「ルト、あのね……」

このままではルトまで泣いてしまうのではと、慌ててなだめようとしかけたアディヤだったが、そこでふと、違和感を覚える。

――なにかが、おかしい。

得体の知れない、直感的な不安に、胸の底がざわつく。

激しく強い獣の慟哭《どうこく》に魂が揺さぶられ、共鳴するような、この感覚は――……。

「……ルト？」

呼びかけたアディヤの前で、真っ赤な顔をしたルトがぎゅっと目を瞑り、両の拳をますます強く握りしめて大きくしゃくり上げる。

アディヤと同じ夜色の瞳から、ほろほろっと星屑のような涙が零れた、次の瞬間。

「……っ、ぼくは、ぼくだもん……！」

ワッと泣き出したルトの白銀の被毛が、一気に光り輝き始める。同時に、それまで穏やかに晴れていた空が急激に暗く淀み始めた。

湧き上がる真っ黒な雲が、見る間に天空を覆い尽くしていく。足元の石畳が、カタカタと小さく揺れ出して——。

「っ、ルト!!」

「下がれ、アディヤ！」

血相を変えたアディヤがルトに駆け寄ろうとするのと、ウルスがそれを制するのはほとんど同時だった。逞しい腕に阻《はば》まれ、息を呑んだアディヤに、ウルスが短く告げる。

「私に任せよ……！」

「ウルス、でも……っ」

アディヤの応えを待たず、ウルスがルトを素早く抱きしめる。号泣する幼子をしっかりと抱きしめた白狼の王は、振り返ることなく己の腹心に命じた。

「ラシード！」

「は……！」

短く名を呼ばれただけで王の意を理解したラシードが、控えていた近衛隊の方へと駆け出しつつ、突然の事態に立ちすくんだままのノールに素早く声をかける。

「ノール、アディヤ様を！」

「は……っ、はい！」

我に返ったノールが、弾かれたように駆け寄ってくる。アディヤは驚きに目を見開いて立ちすくんでいるジアをノールに預けた。

「僕はいいから、ジアをお願いします！」

「アディヤ様、ですが……！」

制止しようとするノールを振り切って、アディヤはウルスのもとへ駆け寄る。

地に膝をついたウルスは、その巨軀で守るようにルトを抱きすくめ、低い声で何度も呼びかけていた。

「ルト……っ、ルト、落ち着け！　私の声を聞け！

目を開け、こちらを見よ……！」

しかし、興奮したルトはウルスの腕の中で泣きじゃくり続けている。立ちこめた暗雲に稲光が走る中、アディヤは小刻みに揺れる地面に膝をつき、必死にルトに声をかけた。

「ルト、落ち着いて！　大丈夫……っ、大丈夫だから……！」

一体なにが起きているのか、どうしてこんなことになっているのか、アディヤ自身も混乱していてわけが分からない。けれど。

（今のこの状態……。この嵐や地震を引き起こしてるのは、多分ルトだ……！）

以前ウルスも、怒りに我を忘れ、王宮前の広場をめちゃくちゃにしてしまったことがある。その時も、天は真っ黒な雲に覆われ、激風が巻き起こり、大地が轟くような音を立てて鳴動《めいどう》した。

おそらく今、あの時と同じことが起きようとしている。

あろうことかルトが、幼い我が子が、嵐を、地震を呼ぼうとしているのだ——。

「ルト……！　ルト、ディディを見て！」

けれど、何度呼びかけてもルトは号泣するばかりで、アディヤの声も、ウルスの声も届く気配すらない。

（どうしよう……、どうすれば!?　このままじゃ、ルトが皆を傷つけてしまう……！）

どうしていいか分からず、今にも泣きださんばかりのアディヤの隣で、ウルスが険しい表情でルトを抱きすくめ、その小さな手を握って呻く。

「己を取り戻せ、ルトヴィク……！　力に呑まれてはならぬ……！」

目を閉じたウルスが、祈るようにルトの頭に己の額を合わせ、低く深い声で古の言葉を紡いだ、次の刹那。

——……シン、と辺りが静まり返る。

一瞬ですべての音が収束し、見る間に厚い暗雲が晴れ——、そしてその場に穏やかな一条の光が差し込んだ途端、ウルスの腕の中でかすれた小さな声が上がった。

「……ディディ？」

ぴたりと涙をとめたルトが、ぽかんとした表情でこちらを見上げてくる。その顔はまだ紅潮してはいたものの、確かに自我を取り戻していた。

アディヤはほっと笑みを浮かべ、ルトを強く抱きしめる。

「うん……！　うん、そうだよ、ディディはここにいるよ……！」

「……おさまったか」

アディヤ同様、安堵したように表情をやわらげたウルスが、天を仰ぐ。

空を覆い尽くしていた真っ黒な雲が、すうっと遠ざかるように溶けて消えていく。地を揺るがしていた不穏な鳴動も、もうすっかり鳴りをひそめていた。

（……もう、大丈夫だ）

ウルスを見上げ、微笑みを交わしたアディヤだったが。

「ディディ……、ちちうえ……」

小さく呟いたルトが、アディヤの腕の中で急にぐったりとうなだれる。

目を閉じ、そのままくたんと力を失ってしまったルトに、アディヤは驚いて叫んだ。

「ルト！」

「っ、ラシード、ナヴィドを呼べ！」

すぐさま老医師を呼ぶよう指示したウルスが、素早くルトの息と鼓動を確かめて言う。

「大丈夫だ、アディヤ。気を失っただけだ」

「ウルス、でも……っ」

「落ち着け。……力を使いすぎただけだ」

焦るアディヤをなだめると、ウルスはルトをそっと抱き上げた。揺らさないよう注意しつつ、我が子を王宮へと運ぶウルスに、アディヤもぴたりと寄り添ってついていく。

「ルト……」

「……案ずるな。しばらくすれば、目を覚ます」

落ち着いたウルスの声に、はいと頷きながらも、アディヤはきつく唇を引き結んだ。

早足で階段を上る二人の背を、階下からジアが茫然と見つめていた――。


やわらかなランプの灯りに照らされたルトのふっくらした頬をじっと見つめながら、アディヤはもう何度目か分からない祈りを呟いた。

「どうか、……どうか、ルトをお見守り下さい、大神様……」

夕方ルトが気を失ってから、数時間が過ぎていた。

あの後すぐにナヴィド医師の診察を受けたルトだが、ウルスの言った通り、力の使いすぎで疲労し、昏倒《こんとう》しただけという診断だった。じきに目を覚ますでしょう、とナヴィドも言っていたけれど、それでも気を失うなどただ事ではない。

本当にちゃんと意識を取り戻すのか、もしずっとこのまま目が覚めなかったら、と不安でたまらず、アディヤは夕食もとらずにずっとルトのそばに寄り添い続けていた。

(早く……、早く、目を覚まして、ルト。なんともないって、早く確かめたい……)

アディヤ自身も、力の使いすぎで気を失うことは何度か経験しているけれど、それでも自分の身に起きるのと、大事な我が子の身に起きるのとでは大違いだ。ましてやルトはまだ幼い。

今は穏やかな寝顔をしているルトだけれど、それでもちゃんと息をしているのか、どこか体を痛めたりしていないか、苦しくはないのかと心配ばかりが後から後から湧き上がる。

つかえたような感覚の喉から、アディヤが重い重いため息を押し出したその時、子供部屋の扉が静かに開いた。

「……アディヤ。ルトの様子はどうだ？」

姿を現したのは白狼の王、ウルスだった。

「まだ、目覚めません。呼吸は穏やかになってきましたけど……」

弱々しく声を震わせるアディヤに、そうかと頷いたウルスが、扉を閉めてこちらに歩み寄ってくる。

床に直接膝をつき、ルトを見守っていたアディヤの隣に立ったウルスは、ルトの上に屈み込むと、その顔色や匂いをひとしきり確かめて言った。

「……大丈夫だ。本当にただ、眠っているだけだ。心配はない」

「はい……。ナヴィド先生にもそう言われたんですけど……」

それでも実際に目覚めるまでは心配なのだ、と俯いたアディヤに、ウルスが頷く。

「……そうだな。だが、このままではお前まで倒れてしまう。食事もとっていないのだろう？」

手近にあった椅子を引き寄せたウルスが、アディヤを抱えてそこに座る。

心配性な愛嫁を膝に乗せたウルスは、懐《ふところ》から菓子の包みを取り出すと、それを広げながらアディヤの黒髪に鼻先を押し当ててきた。

「少しは食べよ。……ルトが目覚めるまでそばにいるつもりならば、尚更な」

「ウルス……。……はい」

黒い爪の先で摘《つま》んだ焼き菓子を口元に差し出され、アディヤはおずおずとそれを口にした。サクサクとした生地に、とろんとしたチョコレートが載っている、トゥルクード伝統の甘い焼き菓子に、少しだけ気持ちが落ち着く。

密着しているウルスにも、匂いでそれが伝わったのだろう。ほっとしたように腕の力をゆるめたウルスに気づいて、アディヤは小さく謝った。

「心配かけて、すみません……。どうしても、気が気じゃなくて……」

「ああ。もちろん、私も同じ気持ちだ。この子は、私たちにとってなににも代えがたい宝なのだからな」

頷いたウルスが、後ろからアディヤを抱きすくめたまま切り出す。

「実は今、ラシードとも話してきたのだが……、どうやらルトは、並外れた神通力を備えているようだ」

「……はい。それは、僕も感じました」

嵐が起きる直前の感覚を思い出し、アディヤは頷く。

あの、得体の知れない、本能的な不安感。

激しい獣の慟哭に魂が強制的に揺さぶられるようなあの感覚は、今まで感じたことのないものだった。

「あんな感覚、初めてでした。あれはルトの力、なんですよね……？」

眉根をくもらせ、ひそめた声で聞いたアディヤに、ウルスが唸る。

「ああ。ジアと言い争ったことで感情が昂《たかぶ》り、秘めていた力が暴走したのだ。怒りや悲しみといった負の感情に引きずられると、ああいったことが起こりやすい。……私の時も、そうだったな」

四年前、アディヤがルトを授かったと分かったきっかけとなった出来事を思い返すウルスに、アディヤも頷く。

（あの時はもっと激しい嵐が起きて、広場の石畳がめちゃくちゃになった……）

幸い今回は、ウルスがすぐにルトの力を抑《おさ》え込んだため、周囲への影響はほとんどなく、大事にならずに済んだ。怪我人や器物の破損もなかったと、ラシードから報告を受けている。

（ルトが他の人を傷つけなくてよかった、けど……）

すうすうと寝息を立てている我が子を見つめ、唇を引き結んだアディヤと同じ気持ちなのだろう。

ぎゅっとアディヤを抱きしめたウルスが、低い声で言った。

「アディヤがルトの力を感じ取ったのは、最近神通力の鍛錬を積んでいた成果もあるだろう。神通力の強い者は、五感のみならず第六感も鋭敏だ。……だが、そもそもそれだけの神通力を、これほど幼い身で備えているということが問題だ」

伏し目がちにした美しい黄金の瞳でルトをひたと見据えて、ウルスが続ける。

「今日、ルトが完全な獣人姿になったことも驚いたが、あれも力の強さ故《ゆえ》だろう。白狼の獣人は滅多に生まれることはないが、強い神通力の持ち主であることが多い。しかもルトは、白狼の私と神子であるアディヤの子だ。いずれ強大な力の発露《はつろ》があるだろうとは思っていたが……」

「だとしても、早すぎます。ルトはまだ、三歳になったばかりなのに……」

傍系の王族の子供が獣人姿をとり始め、神通力の訓練を始めるのは、七、八歳頃からが普通だ。それに比べると、早いどころではない。

「……ルトは、どうなってしまうんでしょう」

込み上げる不安を堪《こら》えきれずに、アディヤは俯いた。

ぎゅっと膝の上で拳を握りしめ、呟く。

「強い力を持っているということは、いずれ王位を継ぐ者としては喜ばしいことなのかもしれません。でも……、でも、それはルト自身にとって、本当にいいことなんでしょうか……？」

歴代の王の中でも並外れて強い神通力の持ち主であるウルスも、その力の強さ故に不自由を強《し》いられる場面が多々ある。人が多く集まるところでは匂いで気分が悪くなることもあるし、人間の姿を長くとっていることは、彼にとってとても負担が大きい。

「もしもまた、今日みたいな力の暴走があったら？　今回みたいなことが何度もあったら、ルトの体に悪い影響が出るんじゃないでしょうか。力の使いすぎで気を失うなんて、こんな……、こんなこと繰り返して、平気なわけがない……！」

俯いて肩を震わせたアディヤの目から、ぽたぽたと涙の粒が落ちていく。

豪奢《ごうしゃ》な刺繍が施されたウルスの衣の袖口に落下したそれは、まるで心に広がる不安のように、じわっと濃い染みを作った。

アディヤ、と囁いたウルスが、一層強く、深く抱きしめてくる。アディヤはたまらずくるりと向きを変え、ウルスにしがみついた。

やわらかくあたたかな白銀の被毛をぎゅっと強く摑み、顔を埋めて声を震わせる。

「教えて下さい、ウルス……！　僕はこの先、ルトをどう育てていけばいいんですか……？　こんなに小さなこの子を、どうしたら彼自身の力から守ってあげられるんですか……？」

親として、自分はこの子をちゃんと守ってあげられるのか。そう考えると、不安でたまらなくなる。

（ルトはいずれ、ウルスの跡を継いで王になる。ウルスの背を見て育つこの子は、きっとこのトゥルクードを守って国民のことを一番に考える、いい王様になれる。でも、それには僕がちゃんとルトのことを守って、育てないといけないのに……！）

これほど強い力の持ち主であるルトを、自分はちゃんと支えてあげられるのだろうか。立派に育て上げることができるのだろうか。

一気に膨れ上がった不安に押し潰されそうなアディヤの背を、ウルスがゆっくり撫でる。シャラ、と銀の腕輪の音を響かせながら、ウルスは低い声で語り始めた。

「……私が最初に神通力に目覚めたきっかけも、ルトと同じ、力の暴走だった」

「……っ、ウルスも……？」

驚いて顔を上げたアディヤに、ああ、と頷き、ウルスが告げる。

「あの頃は、今よりずっとしきたりに縛られた生活をしていてな。何故自分は奥宮から出られないのかと駄々《だだ》をこね、泣き喚《わめ》いて……、気づけば今のルトと同じように、私は意識を失っていた。後から聞いたが、部屋は物が散乱し、ひどい有様だったらしい。今回のルトよりもよほど、周囲に迷惑をかけたことだったろう」

じっとルトを見つめて、ウルスがアディヤに問いかけてくる。

「アディヤ。この間、私が言ったことを覚えているか？　神通力とは、器に注がれた水のようなものだ、という話を」

「はい、覚えています。器の形や大きさはそれぞれ異なるんですよね？」

「ああ、そうだ。今のルトは、まだ器が育ちきっていない状態だ。心穏やかに過ごしている分には問題ないが、感情が昂ると力が増幅し、器から溢れ出てしまう。それが、力の暴走だ」

「力が……」

ぎゅっと眉を寄せ、ルトを見やるアディヤの肩をしっかりと包み込んで、ウルスが言う。

「今回、私は自分の中にルトの力を引き込んだ。かつて父が私にしてくれたように、溢れた水をより大きな器に移し替えてやったのだ。……ルトの器が育ちきるまでは、今後も同じように力の暴走が起きるい、様々な経験を重ねることはもちろん、感情をコントロールする術《すべ》や、力を自在に操る術も必要になってくる」

「感情を、コントロール……」

繰り返したアディヤに視線を移し、ウルスが頷く。

「強い力を持つというだけでなく、王位につく者として必ず身につけなくてはならぬ術だ。ただ、今のルトは私がそれを学んだ時よりも幼い。私が神通力に目覚めたのは、五歳の頃だった。歴代の王の中にも幼い頃に力の暴走を経験している者は幾人かいるが、いずれも今のルトより年長の時だった」

案じるように目を眇めたウルスに、アディヤも頷いて言った。

「まだ三歳のあの子に、感情を抑えることは難しいんじゃないでしょうか。自分に神通力があることだって、理解できるとは思えません」

「……それでも、少しずつでも教えていかねばなるだろう」

「そんな……、どうにかならないんですか？」

こんなことが繰り返し起きれば、ルトの体になんらかの悪影響が出てもおかしくないし、いずれ周囲の誰かを傷つけてしまうかもしれない。どうにか暴走を起こさない方法はないのかと聞いたアディヤに、ウルスが強ばった表情で首を横に振る。

「一度覚醒してしまったものは、もうどうにもできぬ。なるべく穏やかに過ごせるよう気を配り、ルト自身の器の成長を促してやる他ない」

器が大きく育てば、それだけ力も溢れにくくなるということだろう。

アディヤは表情を強ばらせたまま、ウルスに尋ねた。

「……器を成長させるには、どうしたらいいんですか？」

「器は、その者と共に成長する。多くの者と触れ合

まい」

眉根をきつく寄せたウルスが、唸り混じりに言う。

「私たちは、親としてまだまだ未熟だ。この先どうルトを育てていけばいいか、どうすれば今日のようなことが起こらないで済むのか、私とてその正解は分からぬ。……だが、一人で不安を抱え込むことはない。この子の親は、私たち二人なのだからな」

「ウルス……、……はい」

やわらかな月明かりのような黄金の瞳に見つめられて、アディヤは視線を落とした。

「……ごめんなさい。僕だけが不安なわけ、ないですよね」

ウルスだって、親として過ごした年月はアディヤと同じで、まだまだ手探りなことだらけなのだ。それなのに自分は、自分ばかりがどうしていいか分からないような錯覚に陥《おちい》っていた。

謝ったアディヤに、ウルスが少し目元をやわらげて言う。

「なにも謝ることなどない。それだけアディヤが、ルトを大事に思っているということだろう」

なめらかな被毛に覆われた大きな手が、アディヤの手をそっと取る。自分の口元にアディヤの手を引き寄せたウルスは、指先や手の甲に幾度もキスを落として囁いた。

「ルトにとってなにが一番よいことか、どうしたらルトを正しく導いていけるか、二人で共に考えてゆこう。幸い、私たちは多くの頼れる者に恵まれている。彼らの助けも借り、皆でルトを見守ってゆけばよい」

「……はい」

ウルスの言葉に、アディヤは深く頷いた。

（ウルスの言う通りだ。僕は一人でルトを育てているんじゃない。僕にはウルスがいて、そして僕たちはたくさんの人たちに支えてもらっている）

それはとても、幸運なことだ。

自分たちはその幸運に感謝し、ルトにとってよりよい道を模索《もさく》しなければならない。

（……大丈夫。僕にはウルスがいる）

豊かな被毛に覆われた広い胸元に身を預けて、アディヤはウルスの手にくちづけを返した。

きっとどんなことがあろうと、ウルスとならばルトを守り、育てていける。

唯一無二の、この人とならば。

「ん……」

と、その時、寝台から小さな声が上がる。

パッとそちらを振り返ったアディヤは、転がり落ちるようにウルスの膝から降り、ルトを覗き込んだ。

「……っ、ルト!?」

「んん……？」

アディヤの呼びかけに、ルトがむー、と顔を歪める。ぐうっと思いきり伸びをした後、ルトは小さくあくびをしながらぱちぱちと瞬きをした。

「……ディディ？」

「ルト……！　ああよかった、ルト！」

飛びつくようにしてルトを抱きしめて、アディヤはぼろぼろと涙を零した。アディヤの腕の中で、ルトが驚いたように聞いてくる。

「ディディ、どうしたの？　なんでないてるの？」

なかないで、とおろおろと手を伸ばしてきたルトが、自分の袖口で一生懸命アディヤの涙を拭こうとする。アディヤはそれに泣きながら笑って、ルトの顔色を確かめた。

「だ……、大丈夫だよ。ごめんね、泣いたりして。それよりルト、どこか痛いところは？　気持ち悪いとか、ない？」

「……ない」

それよりもディディが心配、と言いたげなルトに苦笑したウルスが、アディヤの顔を自分の方に向けさせる。アディヤの頬を伝う涙を大きな舌でぺろりとひと舐めしてから、ウルスはルトに向き直り、その額や頬を指の背で撫でて確かめた。

「熱もなさそうだし、大丈夫そうだな。……アディヤ、もう心配はいらないから、そう泣くな」

「わ……っ、分かってるんですけど……」

不安だった反動で涙がとまらなくなってしまったアディヤの目元を、ウルスがもう一度優しく舐める。それを見たルトが、身を起こしてアディヤに抱きついてきた。

「ぼくもする……！」

「っ、ルト……」

反対側の頬をぺろぺろと小さな舌で舐められて、アディヤは思わず笑みを零した。

「くすぐったいよ、ルト」

「ん……、ディディ、ないたらめーだよ」

アディヤの口調を真似るルトに、ウルスまでしかつめらしい顔つきで言う。

「ルトの言う通りだ。め、だ」

「もう、ウルスまで」

真面目な顔で言うウルスに吹き出してしまって、アディヤは目尻を拭った。

「……ありがとう、二人とも。もう大丈夫」

にっこりと笑うアディヤに、ルトが心配そうに、ほんとに？　と聞いてくる。本当に、と微笑んだアディヤがぎゅっと抱きしめると、ルトは嬉しそうにくすくす笑い声を上げた。

（……よかった。ルト、本当にもう、なんともなさそうだ）

いつも通りのルトの様子に、ようやくほっとして顔を上げたアディヤに、ウルスも穏やかな顔で小さく頷く。

けれどその時、ルトがふと気づいたように首を傾げて聞いてきた。

「ディディ、ジアは？　どうしておそと、まっくらなの？」

「あ……」

どうやらルトは、意識を失う前のことをよく覚えていないらしい。

きょとんとした表情のルトにどう説明しようかと迷ったアディヤだったが、そこでウルスがアディヤごとルトを抱き上げる。軽々と二人を抱えたまま窓際に歩み寄ったウルスは、籐製の大きな揺り椅子に腰を下ろして告げた。

「……ルト。ジアは両親と共に旅立った。彼らは行商で、数年他国を巡る予定らしい」

「たび……？」

「この地を離れたということだ。ジアにはしばらく会えぬ」

ウルスの言葉に、ルトが大きく目を瞠る。

「ジア、いないの？　……もうあえないの？」

ショックを受けてしまった様子のルトに、アディヤは慌てて言い添えた。

「きっとまたいつか会えるよ。ルトが大きくなったら、きっと」

「…………」

なぐさめたアディヤだが、ルトはしゅん、と耳と尻尾をしょげさせてしまう。

あの後、ジアは両親と共に王宮を去った。

大変なことを引き起こしてしまった、ルト様を傷つけてしまって申し訳ないと真っ青になっていたジアの両親を、しかしアディヤもウルスも責めはしなかった。

ルトの力が暴走するなんて予想だにしなかったことだし、結果的に誰も怪我はしなかった。それに、子供同士のケンカでどちらかが一方的に悪いなんてこと、あるはずがない。

（結果的にこんなお別れになっちゃったのは残念だ

けど……）

ジアも、自分の言葉でルトが傷ついたことは分かっていて、罪悪感を感じている様子だった。別れ際、ルトは大丈夫だからまた帰ってきたら一緒に遊んでねとアディヤもジアに言ったものの、まだ目を覚まさないルトのことが気になってすぐに退室してしまったから、きっとジアも両親も気に病んでいるに違いない。

（明日王都を発つっていう話だったから、もう王宮に来ることは無理だろうけど……。せめて今夜中に、ジアくんたちが泊まっている宿に手紙を届けてもらおう）

ルトが無事目を覚ましたことを知れば彼らも少しは安心できるだろうとアディヤが思っていると、ルトがぽつりと呟く。

「……ジア、ルトのことをきらいって。おおかみのルトのこと、へんって」

話をするうちに、気を失う直前のことをだんだん思い出してきたらしい。すっかり意気消沈したルトは、小さな声で怖々と聞いてきた。

「ジアはルトのことをきらいで、どっかいっちゃったの？」

「そんな……、そうじゃないよ、ルト。違うよ」

「でも、きらいって」

唇をへの字に曲げたルトが、大きな瞳いっぱいに涙を浮かべる。どうしよう、と困ってしまったアディヤだったが、その時、ウルスがゆっくりと椅子を揺らしながら言った。

「……嫌われたままでよいのか、ルト」

静かな低い声で、ウルスが重ねて問いかける。

「泣いてばかりでは、ジアに嫌われたままだ。お前はそれでよいのか？」

「……や」

ふるふる、と首を横に振ったルトが、自分の袖口で目元を拭う。一生懸命泣くのを我慢しているルトに、ウルスは目を細めて言った。

「そうだな、嫌だな。……ならば、お前自身が立派な男にならねばな」

「りっぱ？」

首を傾げたルトに、ウルスが頷く。

「ああ、そうだ。お前はジアに言っただろう？　父は誰よりも優しくて強い、その父と同じで嬉しい、と」

「……うん」

「ジアに狼のルトも好きになってもらうためには、お前自身が強く、優しい男にならねばならぬ。この父よりも立派な男にな」

シャラ、と腕輪を鳴らしながら、ウルスがルトに手を伸ばす。アディヤに抱きかかえられたルトのやわらかな髪を指先でそっと梳いて、ウルスは低い声で我が子に告げた。

「ルト、お前には特別な力が備わっている。外が暗いのは、今日お前がその力に目覚め、気を失ってしまっていた……、眠ってしまっていたからだ」

「……ルト、ねんねしてたの？」

驚いたように目を丸くしたルトに、ウルスが頷く。

「ああ、そうだ。……お前に備わっている力は、神からの贈り物だ。お前はその力で、多くの者を助けることができる。だが、使い方を誤《あやま》れば、それは周囲を傷つける力にもなりうる。今日も、あやうく民を傷つけかねなかった」

じっとウルスを見つめ、その言葉に耳を傾けているルトに、アディヤも言った。

「もしルトが誰かを傷つけたり、怪我させたりしたら、父上もディディも、すごく悲しい。ルトの力は、誰かを傷つけるんじゃなく、誰かを守るために使ってほしいんだ」

幼いルトには、言葉の全部は伝わらないかもしれない。それでも気持ちは伝わるはずだと、アディヤは自分と同じ色の瞳を見据えて続けた。

「でも、今日みたいなことが起きると、ルトがそうしたくなくても、周りの人を傷つけてしまうかもしれない。だから、ルトが悲しくなったり怖くなったら、父上かディディと手を繋ごう？」

こうやって、とルトの手を握ったアディヤに、ルトがぱちぱちと瞬きをして聞く。

「おてて、つなぐの？」

「うん、そうだよ。お手々繋いだら、ルトは一人じゃないって分かるでしょ？」

「……うん」

こくりと頷いたルトが、アディヤの指先をぎゅっと握りしめてくる。微笑んだウルスが、ルトのもう片方の手をそっと自分の手で包み込んだ。

「私たちはいつも、お前のそばにいる。だから、感情に呑み込まれてしまいそうな時はいつでも私たちを呼べ」

「……ルト、わかんない。かんじょ……？」

ぺたんと狼の耳を寝かせて考え込むルトに、アディヤはウルスの言葉を砕いて言った。

「わーってなりそうだったら、ってことだよ。嫌だって思ったり、悲しいって思ったり……。今日も、ジアとケンカした時にいっぱい悲しくなったよね？」

「うん……。いっぱい、いっぱいかなしかった」

思い出してしまったのだろう。俯いたルトが、きゅっと眉を寄せる。

アディヤはルトに、こっちを見て、と顔を上げさせ、しっかりその目を見つめて言い聞かせた。

「ルトが今日みたいにいっぱい悲しくなったり、いっぱい怖くなったり、いっぱい怒ったりすると、周りの人を怪我させちゃうかもしれない。だから、ルトがわーってなりそうな時は、こうやってお手々繋ごうね」

「……わかった」

二人の手を握ったルトが、こくんと頷く。

いい子だね、と微笑んで、アディヤはウルスの胸元に身を預けた。

ゆらゆら、ゆらゆらと揺れる椅子の動きに合わせて、ルトがぎゅ、ぎゅっと小さな手に力を込める。

その手をしっかりと握り返しながら、アディヤはやわらかくあたたかな温《ぬく》もりにそっと、目を閉じたのだった。


――数日後。

「さあさあ、新鮮な果物はいらんかね！」

「イルファーンから仕入れた珍しい布だよ！　安くしとくよ！」

商人たちの威勢のいい客引きの声が飛び交う中、アディヤはルトの手を引いてゆっくりと歩みを進めていた。

「……ルト、大丈夫？」

「うん！」

そっと聞いたアディヤに、真っ白な狼のぬいぐるみを小脇に抱えたルトが元気よく頷く。

その晴れやかな表情に、アディヤは内心ほっと胸を撫で下ろした。

（……やっぱり、連れてきてよかった）

この日アディヤは、ルトと共に城下の市場を訪れていた。二人の周囲には、護衛の兵士たちや数人の獣人も随行《ずいこう》している。

力の暴走の一件以来、大事をとって奥宮からあまり出ないようにしていたルトだが、外で思いきりユエやリャンたちと遊ぶこともできず、日に日に元気がなくなってしまっていた。

ジアからもらった狼のぬいぐるみを抱きしめ、一日中自分の部屋でしゅんとしているルトを見かねて、アディヤはウルスと相談し、少しずつルトの生活を元に戻していくことにした。またあんなことが起きたらという心配はあるが、いつまでも閉じ込めていても逆にストレスが溜まって精神衛生上よくないし、ルトのためにもならない。

できる限りアディヤとウルスがルトと共にいて注意を払い、ルトの感情が昂る前に落ち着かせる。そう決めて、育児院の子たちと一緒に遊ばせ始めたのが昨日のこと。

数日ぶりにユエたちと会えてとても嬉しそうにしていたルトを見て、アディヤは今日は、いつも訪れている城下の市場にルトを連れていくことにした。ウルスはどうしても外せない異国からの来客に接見する予定があって時間が取れなかったが、万が一に備え、傍系の王族の中で特に神通力に秀《ひい》でた者たちにもついてきてもらっている。

(ウルスも一緒に来られないし、王宮の外に出すのはまだ早いかもって迷ったけど、でも、思いきって来てよかった。ルト、すごく嬉しそうだ)

久しぶりに訪れた市場は相変わらず賑わっていて、活気ある雰囲気をルトも楽しんでいる様子だ。すっかりお気に入りの狼のぬいぐるみも一緒に連れていくと言った時には、ジアのことを思い出してしまうのではと心配したが、今のところその様子もない。

「ディディ、あれ！　あれ、なに？」

「うーん、なんだろう。ちょっと行ってみようか」

「うん！　はやく！」

頷いたルトが、アディヤの手を引っ張って急《せ》かす。すっかりいつも通りのルトに苦笑して、アディヤは露店を次々に覗いていった。

こうして城下の大通りで毎日開かれている市場を訪れるのは、もう何度目だろうか。来る度にその規模は大きくなっている様子で、露店の数も、品物の種類も、アディヤが初めてこの国を訪れた時とは比べものにならない。

よく晴れた空の下、石畳の通りの両側にずらりと並ぶ露店には、野菜や穀物といった農産物、塩漬け等の加工品、薬草や乾物の他、四方を山に囲まれたトゥルクードでは珍しい海産物、北方から連れてこられたと思われる長毛の家畜、アディヤの母国イルファーンの意匠《いしょう》が施された衣服や装飾品など、多種多様な品物が陳列されている。

いずれの露店の店主も道行く人に朗《ほが》らかに声をかけていて、足をとめて試食する人、品物について店主と話し込む人など、多くの人が集まっていた。大半はトゥルクードの民族衣装である長衣を身に纏《まと》っているが、中にはアディヤも見たことのない、不思議な衣装を身につけた者もいる。

閉ざされた神秘の国、トゥルクードの王ウルスが、自らが獣人であることを公表し、周辺諸国と交流を持つようになって、三年。こうして市場を実際に歩いてみると、ウルスの地道な政策が実を結び始めているのがよく分かる。

(ジアのご両親から来た手紙の返事にも、他国に行商に出るのがずっと夢だったって書かれていた。ウルスが周辺諸国と国交を結んだおかげで夢がかなったって……)

手紙でも何度も謝ってくれたジアの両親は、今頃どこを旅しているだろうか。

きっとこれから先、トゥルクードでは彼らのように他国へと旅立つ者が多く現れるだろう。諸外国からも商人が続々と交易に訪れ、市場ではもっと様々な品物が売買されるようになる。

多種多様な物の流通や人々の交流は、この国をより富ませてくれるに違いない。

(……僕はウルスと一緒に、精一杯その手助けをしていかないと)

改めてそう思いつつ、アディヤは賑やかな周囲を見渡した。と、そこで視線の先に、よくこの市場で買い物をする花屋を見つける。

「ルト、いつものお花屋さんだよ。寄っていこうか」

「うん！」

頷いたルトの手を引いて、アディヤは花屋の店先まで行き、店主に声をかけた。

「こんにちは、いいお天気ですね」

「こんにちは！」

元気よく挨拶したルトに、恰幅《かっぷく》のいい店主がにこにこと相好《そうごう》を崩す。

「ああ、こんにちは、アディヤ様、ルト様。今日もお元気そうで、なによりです」

「おじさんも、お変わりないですか？　市場の様子はどうでしょう？」

部屋に飾る花をと頼みつつ聞いたアディヤに、店主が花を見繕《みつくろ》いながら答える。

「おかげさまで、順調ですよ。お客も増えて、花もよく売れてますし。……ああただ、最近野鳥が増えたのが気になりますね」

「野鳥、ですか」

聞き返したアディヤに、店主が頷く。

「店の数が増えたせいか、ゴミも増えてるようでね。それを狙って、カラスなんかが来るんですよ。閉店した後、テントによく糞《ふん》が落ちててねえ」

「……それは困りますね。ゴミの収集回数を増やせないか、主催者の方と相談してみます」

野鳥の糞尿被害は、露店だけでなく周辺住民の生活にも関わる問題だ。早急に対策を練らなければと心にとめたアディヤに、店主が作った花束を手渡しながら笑う。

「ありがとうございます、アディヤ様。お礼と言っちゃなんですが、ちょいとおまけしておきました」

「あ……、すみません、いつも」

衛兵にお願いして支払いを済ませたアディヤに、店主はとんでもないと首を横に振った。

「陛下やアディヤ様には、足を向けて寝られませんよ。こうしてちょくちょく足をお運び下さるだけでなく、私ら商人の要望にも耳を傾けて下さって……。お代だって、本当はいただくなんてとんでもないのに、アディヤ様が仰るからありがたく頂戴《ちょうだい》しているくらいなんですから」

「おじさんのお花は香りがよくて、僕もウルスも大好きなんです。それに、お代を受け取って下さらないと、次から気軽に来られなくなっちゃいます」

市場の露店商人たちの声は、アディヤとウルスにとって大事な生の国民の声だ。これからも意見を聞かせてもらいたいと、アディヤは店主に笑いかける。

「また来ますね。お花、ありがとうございました」

「こちらこそ。またいつでもどうぞ」

にこやかに言った店主が、一輪の花を手にしてルトの前にしゃがみ込む。

「ルト様も、こちらどうぞ」

「わあ、ありがと！」

真っ白な花を受け取ったルトが、パッと顔を輝かせ、尻尾を嬉しげに震わせる。花の匂いをくんくん嗅ぐルトに、よかったねと微笑みながら、アディヤは店主に尋ねた。

「珍しいお花ですね。もしかして外国のお花ですか？」

「ええ、最近北の方から仕入れた花でしてね。ジアリスターっていうんです」

にこにこと言った店主の一言に、ルトの笑顔が凍りつく。

「……ジア」

「あ……、ル、ルト……」

花の名前で、ジアのことを思い出してしまったのだろう。ぎゅっと狼のぬいぐるみを抱きしめ、三角の耳と尻尾をしゅんとうなだれさせてしまったルトを、アディヤは慌てて促した。

「ルト、あっち行こうか。それじゃ、お花ありがとうございました」

落ち込んでしまったルトに気づき、戸惑った表情を浮かべる店主にお礼を言って、アディヤは花束を衛兵に預けると、ルトを抱き上げた。

「おいで、ルト」

「ん……」

表情を曇らせたルトが、アディヤにぎゅっとしがみついてくる。小さなその背をぽんぽんと撫でて、アディヤは努《つと》めて明るく声をかけた。

「そろそろおなかすいたんじゃない、ルト？　なにか食べよっか」

「……いい」

「じゃあ飲み物は？　喉、渇いてない？」

「……ない」

しかし、すっかり意気消沈してしまったルトはふるふると首を横に振るばかりで、誘いに乗ろうとしない。

(困ったな……。この間みたいに感情が爆発することはなさそうだけど、せっかくだから楽しませてあげたいのに……)

なにかルトの気を引くようなものはないだろうかと、アディヤがぐるりと周囲を見渡した、その時だった。

「兄貴兄貴、次はあれ！　あの串焼き買ってよ！」

「ああ!?　どんだけ食う気だ、お前……」

道の反対側から、はしゃぐ少年と、呆れ返ったような低い男の声が聞こえてくる。

ざらりとした野性的な男の声は、しかし力強く深みのある響きがウルスによく似ていて——。

(……ダラスさんだ)

振り返ったアディヤに気づいていない様子のダラ

スは、今日は人間の姿をしていた。一緒にいる数人の男たちは彼の仲間らしく、いずれもジャラガラ伝統の鮮やかな青の衣装に身を包み、腰にあのナーガという短刀を携《たずさ》えている。

「あとこれだけ！　これで終わりにするから！」

元気な声でダラスにねだっている少年は、十七、八歳くらいだろうか。屈強な男たちの中で一際目立って小柄な彼は、どうやら一番の年少者らしい。

周囲の仲間たちが、ダラスの腕を引っ張っている彼を口々にからかう。

「おいヤッケ、お前宿でも朝メシ山盛り食ってたじゃねぇか。いい加減にしねぇとデブるぞ」

「そうそう、しかもさっきから肉ばっか。チビの上にデブったら、ますますモテねぇぞ」

ニヤニヤと笑みを浮かべる仲間たちに、ヤッケと呼ばれた少年は口を尖らせて反論した。

「おっさんたちと一緒にすんなよ。オレはまだまだ成長期だから大丈夫ですー。背だってこれから伸びるし！」

ぐんと胸を張って主張するヤッケを、仲間たちがすかさず羽交《はが》い締《じ》めにする。

「誰がおっさんだって？　生意気坊主めが！」

「い……っ、痛い痛い痛い！　兄貴、笑ってないで助けてよ！」

ヤッケに助けを求められたダラスは、両腕を組んで苦笑混じりに言った。

「ああもう、仕方ねぇなあ。ルゥルゥ、串焼き全員分買ってやってくれ」

ダラスが声をかけたのは、一見女性と見紛うほど美しい顔立ちの青年だった。すらりとした長身で、黒く長い髪をゆるく一つに束ねている。

「……別にいいが、その分は後であんたの小遣いから引いとくからな」

「な⁉　食費は経費で落ちるはずだろ⁉」

慌てたダラスに、ルゥルゥが素っ気なく答える。

「こんな屋台の買い食いまで、俺が経費として認めると思うか？　言っておくが、今までヤッケに奢《おご》ってやった分も全部、来月のあんたの小遣いから引いてるからな」

「マジかよ……」

呻き声を上げるダラスを囲んで、仲間たちが笑い声を上げる。

「旦那、諦めた方がいいぜ。うちの金庫番は、一度出さねぇつったら絶対財布開けねぇから」

「ダラスの旦那はいつも金欠だよな。ジャラガラの市場でも、屋台で盗み働いた孤児をとっ捕まえて謝らせるだけじゃなく、毎回代金肩代わりしてやってさ」

品物返させりゃいいのにと言う仲間に、ダラスが苦笑を浮かべて答える。

「……しょうがねぇだろ。腹空かしてるガキに、そのパン返せって言えるわけねぇだろうが」

（あ……）

その瞬間、強烈な既視感《きしかん》を覚えて、アディヤは思わずダラスの横顔に見入ってしまった。

ふっと口元をゆるめ、翡翠色の瞳をやわらかく細めたその表情は、これまでアディヤが何度も間近で見てきた人のそれと酷似《こくじ》している。

優しくてあたたかいその眼差しは、まるで真っ暗な夜道を照らす月明かりのようで——。

「で、どうするんだ。買うのか、串焼き」

ふうとため息をついて聞いたルゥルゥに、ダラスが肩をすくめて言う。

「ああ。男に二言《にごん》はねぇよ」

「やった！　兄貴大好き！」

パッと顔を輝かせたヤッケが、ダラスの背に飛びつく。お調子者め、と笑うダラスに、アディヤは少し迷いつつも歩み寄った。

（今日は仲間と一緒にいるみたいだし、ここは王宮じゃないから護衛の数も少ない……。でも、なんとなくだけど、この人は理由もなく僕やルトに危害を加えたりはしない気がする）

あれほどウルスと剣呑に睨み合い、王位を渡せと迫っていた相手に、呑気《のんき》すぎるだろうか。

しかし、先日のルトに対する態度や、今の仲間とのやりとりを見ていても、ダラスが無闇に他人を傷つけるような男だとはどうしても思えない。それに。

（……相手を知らないままじゃ、なにも判断なんてできない）

血の繋がりがあるかもしれないダラスに対してわだかまりを抱えているウルスはきっと、彼の人となりを知る必要などないと言うだろう。だからこそ、自分が彼と直接話し、彼のことを知るべきだ。

互いに足りないところを補い合い、助け合うのが夫婦なのだから。

ルトを地面に降ろし、その手を握って、アディヤはダラスに声をかけた。

「こんにちは、ダラスさん」

「っ、あんた……」

振り返ったダラスが、アディヤとルトを見て目を丸くする。

「なんでこんなとこにいんだ？　王妃がそんな気軽に出歩いていいのかよ？」

「王妃!?」

ダラスの言葉を聞いたヤッケたちが、驚いたように息を呑む。アディヤは苦笑を浮かべて彼らを見渡した。

「あの、王妃と言っても今日は公務ではなくて、お散歩みたいなものなんです。ルト、はら、この間のダラスさんだよ」

「……こんにちは」

アディヤの膝にぎゅっとしがみついたルトが、見慣れない大人たちに警戒しつつも、小さな声で挨拶する。すると、ダラスはしゃがみ込んでルトに笑いかけてきた。

「おー、坊主。ちゃんと挨拶できて偉いな。今日は泣いてねぇな？」

「……うん……」

「そっかそっか。ん？　このぬいぐるみ、狼じゃねぇか。坊主とお揃いだな？」

ルトが抱えている白狼のぬいぐるみに気づいたダラスが、目を細めて聞いてくる。

またジアのことを思い出したのだろう。ぎゅっとぬいぐるみを抱えたルトが、しゅんと耳を伏せて頷いた。

「うん、おそろい……。あのね、これね、ジアにもらったの……」

「そっかそっか。ジアってのは友達か？　カッコいいぬいぐるみもらってよかったな」

目元をくしゃくしゃにして笑うダラスに、ルトが少し意外そうに目を見開く。

「……カッコいい？」

「おー、カッコいいじゃねぇか。だって坊主と、坊主の父ちゃんと一緒だろ？」

「……っ、うん！」

たちまち耳と尻尾をピンと立てたルトが、パッと明るい表情になるのを見て、アディヤはほっと肩の力を抜いた。

（……よかった。ダラスさんのおかげで、ルト、元気になったみたいだ）

ダラスは別に意図したわけではないだろうが、間接的に獣人の父を褒められてルトはすっかり気持ちが浮上したらしい。

「あのね、おめめもきんいろなの。ちちうえと、おかみさまと、おんなじ」

人見知りのルトが、珍しく自分から一生懸命ダラスに話しかけ始める。見て、とぬいぐるみを突き出すルトに、ダラスが目を細めて頷いた。

「お、ほんとだな。綺麗なお目々だな？」

「うん！」

二人のやりとりを見て、アディヤは確信した。

（やっぱり……、この人、悪い人じゃない）

大きな手でわしゃわしゃとルトの頭を撫でるダラスは、優しい顔をしている。

いくら大丈夫だと思っていても、万が一ルトになにかあったらと警戒していたが、心配する必要はなさそうだ。

ダラスにぬいぐるみを褒められて、すっかりにこにことご機嫌になったルトだったが、その時、先ほどまでダラスにくっついていたヤッケがルトの前に屈み込む。

「うっわ可愛い、ワンコ耳だ。わー、尻尾もある！」

「……ルト、わんわんじゃないもん。おおかみだもん」

遠慮のないヤッケにぺたりと耳を伏せつつ、犬扱いにちょっとむくれたルトだったが、ヤッケはおかまいなしに続ける。

「細かいこと気にすんなって！　へー、この子がトゥルクードの王子様かあ。あ、ってことは、兄貴の甥っ子？」

「ま、そうなるな」

肩をすくめたダラスに、ルトが首を傾げて聞いた。

「おいっこ？」

「そうそう。この人は、君のおじさん」

そう言ったヤッケが、兄貴がおじさんとかウケる、とケタケタ笑う。

「おじしゃ……」

舌がうまく回らない様子のルトに、ダラスが優しく目を細めて言った。

「おじさん、だ。ダラスおじさん」

「ダラス……、……おいたん？」

こてんと首を傾げたルトの言葉を聞いて、ヤッケがぶっと盛大に吹き出す。

「おいたん……！　兄貴が、おいたん……！　に、似合わねー！」

「おいこら、あんま笑うな、ヤッケ」

たしなめたダラスだったが、ルトは自分がヤッケに笑われたと思ったらしい。

「……ルト、まちがえた？」

しゅーん、と三角の耳と尻尾をうなだれさせたルトの頭を、ダラスがぽんぽんと撫でる。

「いーや、間違ってねぇよ。おいたんで合ってる」

そのままぐしゃぐしゃと髪をかき混ぜられたルトが、照れたように笑う。ふるふると尻尾を揺らすルトにやわらかな眼差しを向けるダラスに、アディヤはそっと聞いてみた。

「……子供、好きなんですね？」

「あー、まあな。向こうじゃ悪ガキ共ばっか相手にしてっから、こーんな綿菓子みてぇな王子様、ちっと調子狂うけどな」

そう言いつつも、ふにふにふに、とルトの頬をつつくダラスの横顔はとても優しくて、——我が子を見つめるウルスとそっくりで。

（……やっぱり、こんなにウルスに似ているこの人のことを、悪くは思えない）

ぼくもする、と背伸びしてダラスの頬をむぎゅっと引っ張るルトに、痛ぇと苦笑しつつ、ダラスはアディヤに話しかけてきた。

「そういや、あんたのとこの見張り、あれなんとかなんねぇか？　毎晩宿の周りうろちょろされて、うっとうしくてかなわねぇんだが」

どうやらダラスはラシードが密かに手配した見張りにちゃんと気づいていたらしい。アディヤは苦笑いを浮かべて答えた。

「すみません。それはちょっと……」

「ま、あんだけ派手にケンカ売りに行ったんだから、仕方ねぇとは思うけどよ。別に俺は逃げも隠れもしねぇし、やましいこともねぇから、見張りつけるだけ無駄だぜ？」

串焼き食うか？　とルトに聞いたダラスが、ルゥルゥに視線を送る。ハイハイと肩をすくめたルゥルゥが屋台に行くのを見送りつつ、ダラスは立ち上がって市場を見回して言った。

「……平和な国だな。カマルの山一つ越えたら昼夜問わず殺し合いが起きてるなんて、まるで嘘みたいだ。……吹いてる風は、一緒のはずなんだがな」

風ですら別物に思えると言うダラスに、アディヤは唇を引き結んだ。

（昼夜、問わず……）

隣国ジャラガラの情勢は人づてに聞いて知っているつもりでいたけれど、実際にその最前線で戦ってきたダラスの言葉は重みがまるで違う。思わず俯いてしまったアディヤだったが、それに気づいたダラスが苦笑を浮かべる。

「おいおい、あんたが落ち込むこたねぇだろうが。この国が平和なのはいいことなんだからよ」

「……すみません」

謝ったアディヤに、ダラスがおかしそうに笑う。

「謝る必要もねぇって。……けど、本当にいい国だな。王族が数名の護衛だけで市場を歩き回って、おまけに市井《しせい》のモンと気軽に会話する国なんて、そうそうねぇぞ。どいつもこいつも穏やかで、善意の塊《かたまり》っつーか裏表がねぇっつーか。ま、お人よしばっかってことだが」

あんたを筆頭にな、とからかわれて、アディヤは首を傾げた。

「……もしかして、だからこそ見張り役が悪目立ちするんでしょうか」

「はは、かもな」

アディヤの言葉に笑い声を上げて、ダラスが穏やかに続ける。

「この王都に来る途中、いくつか街に立ち寄ったが、正直驚いた。三年前まで他国と国交がなかったとは思えないほど街道はきっちり整備されてるし、おまけに誰もが異国人に親切だ。聞けば、王や王妃が毎月国中を視察して回ってるっつーじゃねぇか」

ちらっと視線を向けてくるダラスに、アディヤは頷き返した。

「この国は今、物や人の動きが活発になってきている、大事な時期なんです。街道の整備はそのためにかかすことのできない最重要事項ですし、それに国の根幹は、国民の皆さんですから。逐一《ちくいち》様子を見て回るのは王族の大事な務めだと、いつもウルスと話してます」

「……うーわ。ジャラガラの悪徳政府連中に、爪の垢煎《あかせん》じて飲ませてやりてー」

ルトをつんつん構いつつ二人の話を聞いていたヤッケが、そうぼやいて立ち上がる。串焼き食ってくる、と去っていくヤッケを見送りつつ、ダラスが再び口を開いた。

「さっきもそこの屋台で聞いたが、視察の度に王がなにか困ったことはないか直接聞いてくれるって自慢されたぜ。これから異国人も増えるだろうが一つ頼む、異国との交流がこの国を富ませ、生活を豊かにすることにも繋がるって、王自ら民に声をかけて回ってるってな。……生き神と祭り上げられてた男が、随分庶民的な王になったもんだ」

「……祭り上げられていたからこそ、だと思います」

ダラスの言葉に、アディヤは少し考えつつ言葉を紡いだ。

「ウルスは本当はずっと、自分本来の姿で国民の皆さんと接したかったんだと思います。でも、様々なしきたりに縛られて、それができなかった」

トゥルクードでは長年、獣人の存在が秘密だった。ウルスは国に混乱を招くことを避けるため、決められた儀式の時以外は王宮の奥宮からほとんど出ることなく、厚いカーテンに閉ざされた執務室で政務を行っていた。

だが、ウルス自身はそんな状態をずっともどかしく思っていたのだろう。

四年前に獣人の存在が明るみに出た際、ウルスは躊躇うことなく王族が獣人であることを公表した。そして、自ら国内の各地に赴き、国民と直接対話するやり方へと、政の在《あ》り方を大きく変えたのだ。

「ウルスは今、自分のやりたい政治を少しずつ形にしていっているんです。僕はその手伝いができて、すごく嬉しいです」

微笑むアディヤに、ダラスがふっと口元をゆるめて言う。

「……なるほどな。この国が平和なのも、あんたたちの地道な努力があってこそ、か。やっぱり国を生かすも殺すも上に立つ者次第、だな……」

瞳を眇めたダラスが、再認識するように呟く。アディヤは少し緊張しながらも、ダラスに問いかけた。

「……ダラスさんは、マーナガルムという組織のリーダー、なんですよね？」

「なんだ、調べたのか。ああ、そうだ。ま、リーダーっても、お飾りみてぇなもんだけどな。あいつらは、俺が育ての親とはぐれてスラム街にいた時からの付き合いでな。俺が獣人だってことも、あいつらにだけは昔から明かしてた。その流れでなんとなく、な」

お飾りなどと言うダラスだが、先ほどの様子からも、仲間たちからは随分慕われているように見える。ダラスにしても、自分が獣人だということを明かしていたというくらいだから、仲間たちのことをとても信頼しているのだろう。

アディヤはそっと、ダラスに聞いてみた。

「あの……、それでどうして、ダラスさんはこの国の王になりたいんですか？」

ウルスは、ダラスが徒にこの国に混乱をもたらそうとしていると言っていた。けれど、こうして話していてもやはり、ダラスから悪意めいたものは感じない。

「ダラスさんは、仲間の皆さんのことを大事にしているように見えます。ジャラガラのことも、なんとかしたいって思ってる。……違いますか？」

上に立つ者次第、と言っていたダラスからは、祖国をなんとかしなければいけないという強い意思を感じた。そんなダラスが、ジャラガラに見切りをつけたとはどうしても思えない。

思いきって率直に疑問をぶつけてみたアディヤに、ダラスが少し驚いたように目を見開いた。

「……あんた、ぽやんとしてるだけかと思ったら、意外と人のこと見てんだな」

（ぽやんって……）

それは一応褒め言葉なのだろうか、と複雑になってしまったアディヤだったが、ダラスはかまわず低い声で唸る。

「……いきなり来て引っかき回して、悪いとは思ってる。だが、俺にはどうしても、この国の王位が必要なんだ。……どうしても」

呟いたダラスが、翡翠色の瞳をきつく眇める。

どこか思いつめたようなその横顔に、アディヤは言葉を失ってしまった。

（どうしてもって……。どうして、そこまで……？）

何故ダラスは、そこまでトゥルクードの王位を手に入れることに固執するのだろうか。

彼は、この国の王になって一体なにをするつもりなのだろうか――……。

（……やっぱりこの人とはもっとちゃんと、話をしないと）

こく、と少し緊張して喉を鳴らし、アディヤはダラスに重ねて問いかける。

「あの……、ダラスさんは……」

――と、その時だった。

「待たせたな。串焼き持ってきたぜ。っていっても、子供に串は危ないだろうから外してもらったが」

焼いた肉を載せた小皿を片手に、ルゥルゥが戻ってくる。はいどうぞ、と歩み寄ってくる彼に、アディヤは慌ててお礼を言った。

「あ……、ありがとうございます。今、お代を……」

代金を支払おうとしたアディヤを、小皿を受け取ったダラスが遮る。

「あー、いいっていいって。どうせあいつら全員分、俺のおごりだしな。一人くらい増えたところで変わんねぇよ。……ほら、ルト。あーん、してみ」

しゃがんだダラスが、箸《はし》で挟んだ肉を吹いて冷まして、ルトの口元に運ぶ。あーん、と小さな口をめいっぱい大きく開けたルトは、甘辛のタレが絡んだ肉をもぐもぐしつつ、両手で頬を押さえた。

「おいしい！」

「そっかそっか、よかったな。もう一個食うか？」

「うん！　おいたんもたべる？」

ルトがあーんしたげようか、と小首を傾げるルトに、ダラスが苦笑して言う。

「おいたんはいいって。それよりお前が食え。いっぱい食ってでっかくなれよ」

ルトに食べさせながら相好を崩すダラスは、いつもルトや自分にお菓子を食べさせたがるウルスとまるきり一緒だ。

アディヤはくすくす笑いながらお礼を言った。

「ありがとうございます、ダラスさん」

「こんくらい気にすんなって。雛鳥《ひなどり》みてぇで可愛いしな。……ああ、あんたも一つ食うか？」

ひょい、と立ち上がったダラスが、ほれ、とアディヤにも箸で挟んだ肉を差し出してくる。予想外の出来事に、アディヤは慌てて断ろうとした。

「え……っ、あの、僕は……っ」

「いいから、遠慮すんなって。ほれ、あー……」

あーん、とダラスがアディヤを促しかけた、その時だった。

「……なにをしている」

地を這うような低い、低い、低い声がその場に響く。

振り返った先にいたのは、珍しく人間姿のウルスで──。

「私の宝に触れるなと、言ったはずだが？」

翡翠の瞳を怒りに燃え滾《たぎ》らせながら、ウルスがサッとアディヤとダラスの間に割り込む。アディヤは呆気に取られながら聞いた。

「ウルス……、あの、お客様は……」

おそらくウルスが人間の姿なのは、異国からの客に会っていたからだろう。しかし、確か夕方までその来客の相手をする予定だったはずだ。

驚くアディヤに、ウルスが不機嫌そうに答える。

「事情を話して、手短に済ませてきたのだ。私にとってなによりも大切なのは、お前とルトなのだからな。……だというのに」

じろり、とアディヤを振り返ったウルスが、苛々と眉を寄せながら言う。

「先ほどのあれはなんだ！　もしやアディヤ、私以外の男の手から食べ物を……！」

「え!?　いっ、いえ、そんなこと、してないです！　食べさせてもらったのはルトだけで！」

どうやらウルスは、アディヤが自分以外の男から食べ物を与えられたと勘違いし、嫉妬《しっと》しているらしい。今は人間姿だというのに、ぶわっと極限まで逆

立った白銀の被毛と、怒りに膨れ上がった尻尾が見える気がする。

慌てて弁解したアディヤの隣で、ルトが無邪気にウルスに告げる。

「ちちうえ、おにく、おいしかったです！」

「………そうか。よかったな」

いかにも渋々という様子で言ったウルスが、身をかがめ、アディヤの口元に鼻先を近づけてくる。相変わらず美しい顔をした彼にフンフンと匂いを嗅がれて、アディヤは真っ赤になってしまった。

「ちょ……っ、ウルス！　人前で……！」

「……未遂のようだな」

「当たり前です！」

ルトはともかく、自分がダラスに物を食べさせてもらうわけがないだろうと、恥ずかしさの限界を越えて思わず叫んでしまったアディヤだったが、その時、二人の目の前でブッとダラスが盛大に吹き出す。

「ッ、ハハ……！　あんたら、いつもそんななのか？」

目元をくしゃくしゃにして大笑いされたアディヤは、余計に顔を赤くしてウルスを睨んだ。だが、腹心ラシードが言うところの『世紀の色ぼけ』はその程度のことでひるむつもりは毛頭《もうとう》ないらしい。

「そうだが、なにか？」

「ウルス……」

開き直るウルスに頭痛めいたものを感じたアディヤだったが、ダラスはそれもツボに入ったようでまた吹き出す。

しかし、ウルスにとってはそれも気に入らなかったのだろう。

サアッと獣人の姿に戻ったウルスは、両手にアディヤとルトを抱き上げると、険を帯びた瞳でひたとダラスを見据えて申し渡した。

「……金輪際《こんりんざい》、私の家族に近づくことは許さぬ」

「別に取って食いやしねぇよ」

怒るウルスとは対照的に、ダラスは呆れつつも少し口元をゆるめたままだった。

「そんで、返事はどうなんだ？　俺についていろいろ調べてるみたいだが、なにか分かったのか？」

「……まだ調査中だ」

一層強くダラスを睨んで、ウルスはくるりと踵を返した。濃紺の長衣をひるがえし、去り際に告げる。

「返答は期日にする。……それまで待て」

低い唸り混じりにそう言い残したウルスに、ダラスがはいよ、と肩をすくめる。

ウルスに抱かれたルトが、肩越しにダラスを振り返って手を振った。

「またね、おいたん！」

「おー、あんまピーピー泣くんじゃねぇぞ、ルト」

ぺこり、と頭を下げたアディヤに気づいたダラスが、じゃあな、と視線を送ってくる。

ウルスの腕に、ぎゅっと一層力が込められるのを感じながら、アディヤは小さく、ため息をついたのだった。

――二日後。

「……それで？」

謁見《えっけん》の間には、青い衣装を身に纏《まと》ったマーナガルムたちがずらりと並んでいた。

仲間たちの先頭に立ったダラスが、ざらりとした低い声を響かせる。

「そっちの結論は出たのか？」

翡翠《ひすい》色の瞳を眇《すが》め、腕組みをして聞くダラスの真正面にある玉座に腰かけたアディヤは、こくりと緊張に喉を鳴らした。

アディヤがダラスと市場で再会した、翌々日のことだった。

ダラスが初めて王宮に現れてからちょうど一週間たったこの日、アディヤはウルスと共に再び謁見の間でダラスを迎えていた。

――あれから幾度も王室の記録を検《あらた》め直し、ジャラガラにも人をやって調べさせたウルスだが、新しいことはなにも分からなかった。

けれど、期限を切られている以上、ダラスへの返答を先延ばしにするわけにはいかないし、先延ばしにしたところで、三十年も前のことについてそうそう新しい事実が出てくるはずもない。

ウルスとアディヤは、連日ラシードや重臣たちと遅くまで協議を重ね、一つの結論を出した。

それは――。

「……現時点で、我々はダラス殿の話が真実だと断定することはできませんでした」

ウルスの傍《かたわ》らに立ったラシードが、そう切り出す。

真っ先に反応したのは、ダラスの背後に立つヤッケだった。

「なんだよ、それ！　お前ら、兄貴のこと信じないって言うのかよ！　兄貴が嘘なんか言うわけねぇだろ！」

「落ち着け、ヤッケ」

隣のルゥルゥが、気色《けしき》ばむヤッケを押しとどめる。

「真実だと断定できないのは、証拠が不十分だからだろう。だがそれは、裏を返せば偽《いつわ》りだと断定するほどの証拠もないということだ。違うか？」

冷静に言うルゥルゥは、黒狼姿のラシードを相手に一歩も引く様子がない。どうやら彼はダラスに次ぐ副頭領の役目を担《にな》っているらしく、周囲の仲間たちも彼の意見に賛同するように頷《うなず》いていた。

ルゥルゥの鋭い視線を受けたラシードが、重い声で答える。

「ああ、そうだ。獣人である以上、ダラス殿がトゥルクード王家の血を引いていることは間違いない。だが、王族のどの家系図を調べてもダラス殿と思われる出生記録はないいし、イルウェス様は間違いなく火葬にされている」

「そんなん、記録が間違ってるに決まってる！」

再び食ってかかるヤッケに、ラシードがため息混じりに言う。

「記録だけの話ではない。当時、亡くなったイルウェス様を実際に荼毘《だび》に付した巫女からも話を聞いた。イルウェス様が火葬にされていることは確かだ」

「けど……！」

「……ヤッケ」

低い声は、ダラスのものだった。

「重要なのは、俺の話をこいつらが信じるかどうかじゃない。俺が聞きたいのもな」

落ち着いた口調ながら、その声には強い意思が滲《にじ》んでいた。口を噤《つぐ》み、悔しそうな表情を浮かべるヤッケの頭をわしわしと撫で、ダラスが改めてウルスに向き直る。

「で、結論は？　俺の処遇はどうなる」

それこそが、ダラスが最も聞きたいことなのだろう。

まっすぐこちらを見据えてくるダラスを見つめ返して、ウルスが口を開いた。

「……お前を兄と認めることはできない」

静まり返った謁見の間に、ウルスのなめらかな声が厳《おごそ》かに響く。アディヤは固唾《かたず》を呑んで、対峙《たいじ》する二人を見守った。

ウルスが続ける。

「だが、黄金の瞳を持つ獣人は、直系の王族である証《あかし》。……おそらく、お前は私の異母兄弟なのだろう」

「……それで？」

先を促《うなが》すダラスに、ウルスがぐっと眉を寄せて告げる。

「望むのであれば王族として迎え入れ、相応の地位と役職を用意する」

「相応の地位、ね。……王位は譲《ゆず》れないってことか」

「無論だ。お前の出生についての調査は継続する。しかし、その結果、お前が確かに私の兄だと分かったとしても、この結論は変わらない。……トゥルクードの王は、私だ」

きっぱりとそう言いきったウルスに、ダラスがスッと目を細める。

「そうか。なら……」

一層低く声を落としたダラスに、その場の緊張感が一気に高まる。アディヤは咄嗟《とっさ》にダラスを遮っていた。

「ま……、待って下さい。少しだけ、僕の話を聞いて下さい」

このままでは、ダラスとウルスは対立してしまいかねない。謁見の間に通す際に武器は預かっているから滅多《めった》なことにはならないと思うが、それでもこのままでは二人の溝《みぞ》は決定的なものになってしまうだろう。

（そんなの駄目だ。だってダラスさんは、ウルスの肉親なのに……）

繋がりこそ明確ではないものの、ダラスがウルスの近親者であることは確かだ。異母兄弟かもしれないという点でウルスは複雑だろうが、それでもせっかく巡り会えた縁をこんな形で断ち切ってほしくはない。

アディヤは両膝の上で固く手を握ると、声が震えそうになるのを堪《こら》えて言った。

「ダラスさんの境遇《きょうぐう》には、心から同情します。争いが続くジャラガラで、育てのご両親とはぐれて、自分がどうして獣人なのかも分からなくて、きっと想像もできないくらいご苦労されたと思います」

彼の身の上話が真実かどうか、確たる証拠はない。けれど、赤ん坊の頃の経緯はともかく、生い立ちはきっと彼の語った通りなのだろうと、アディヤは思っている。

ダラスはきっとウルスと同じで、嘘はつかない人だ。

「自分が王族、しかも本来であれば王位についていたかもしれないと知って、自分の権利を求めようと思った、その気持ちも分かります。……でも、それでもこの国の王はやっぱり、ウルスしか考えられません。だってウルスは、誰よりもこの国のことを大切に思っているから」

「……アディヤ」

懸命に訴えるアディヤに、ウルスがそっと手を伸ばしてくる。被毛に覆われた大きな手で、緊張に冷たくなった手を優しく包み込まれて、アディヤはほっと息をついた。

一つウルスに頷き、もう一度ダラスを見つめて言う。

「王族に生まれたからとか、自分の権利だからとか、長子だからとかじゃなく、その国のことを一番考えている人が王になるべきだと、僕は思います。ダラスさんも、そのことはよく分かっているんじゃないですか？」

　ジャラガラでマーナガルムを率い、反政府派に弾圧されている人々を助けていたダラスだ。

　故国を思う気持ちは、自分たちと変わらないのではないだろうか。

「あなたは、どうしてもトゥルクードの王位が必要だと言っていた。でも、あなたにとって一番大事なのは、トゥルクードではなくジャラガラのはずです」

　ダラスは決して話の分からない相手ではない。慕ってくる仲間を率《ひき》いる度量も、弱い者を助け、守ろうとする気概《きがい》も備えている。

　それに、市場で再会した時、ダラスはこの国の治政について感心してくれていた。ウルスが地道な努力を重ねているからこそ、トゥルクードが平和で穏やかな国でいられるのだということを、彼も分かってくれているはずだ。

「あなたがジャラガラを大切に思っているように、ウルスもトゥルクードを大切に思っています。ですからどうか、考え直してもらえませんか？」

　このままウルスと対立してほしくない。

　その一心で必死に訴えたアディヤに、ダラスはしばらく腕を組んだまま、床の一点を見つめて黙り込んでいた。

「……ダラス」

　促すように、ルゥルゥが声をかける。ああ、と低い声で短く応《こた》えたダラスは、一度目を閉じ、深呼吸すると、まっすぐアディヤを見つめて言った。

「……俺も、あんたと同じ意見だ」

「兄貴！」

　声を上げたヤッケの方を、ダラスがちらりと振り返る。ぐっと黙り込んだヤッケに、安心しろと言うかのようにフッと笑いかけて、ダラスは改めてウルスとアディヤに向き直った。

「国のことを一番考えているやつが、……一番大事に思っているやつが、上に立つべきだ。その点では、確かに俺はこの国の王として不足だろう」

「ダラスさん……」

一言一言、噛みしめるように言うダラスに、アディヤは分かってくれたかとほっとしかける。

——けれど。

「……だが、それでも、俺にはこの国の王位が必要なんだ」

ブツッと眼帯をむしり取ったダラスが、腰布に挟んでいたナーガに手をかける。

銀の装飾が施された鞘《さや》から抜かれたその短剣は、一週間前にこの謁見の間で見た鈍《にぶ》い灰色とは打って変わって、研《と》ぎ澄まされた刃が光っていて——……。

「どうあっても譲れないというのなら、力ずくで奪うまで……！」

「……っ、下がれ、アディヤ！」

ザァッと一瞬でその姿を獣人に変えたダラスが、ダンッと強く床を蹴り、一息に玉座へと跳躍《ちょうやく》する。叫んだウルスがアディヤをその背に庇《かば》うのと、マーナガルムの者たちがナーガを手に衛兵に襲いかかるのとは、ほぼ同時だった。

「っ！　ウルス！」

ダラスが振り下ろしたナーガを、ウルスがその鋭く黒い爪で撥《は》ね返す。ガンッと響いた硬質な音に息を呑んだアディヤを、ラシードが促した。

「アディヤ様、こちらへ！」

「……っ、でも！」

このままここにいては足手まといになる。そうと分かっていても、ウルスが戦っているのに自分だけ逃げ出すことなんてできない。それに、自分を逃がすために近衛《このえ》隊長のラシードが戦線を離脱してしまっては、大きな戦力の喪失になる。

アディヤはラシードの腕を振りほどいて命じた。

「僕のことはいいから、ラシードさんはウルスのところへ！」

「アディヤ様！　ですが！」

言い合う間にも、戦いはどんどん激しさを増していっている。

険しい表情で唸《うな》ったダラスが、鋭くナーガを突き出す。すんでのところでその一撃を躱《かわ》したウルスの白銀の被毛が、パッと宙に舞い散った。くっと瞳を眇めたウルスがすかさず爪を閃《ひらめ》かせて反撃するも、それを見越したダラスに爪で弾き返されてしまう。

武術の心得がないアディヤが見ても、ウルスとダラスの実力は明らかに拮抗《きっこう》していた。

（普通の人間相手なら、ウルスが負けるはずがない。でも、相手も獣人、しかもダラスさんは、ずっと戦いに身を置いてきたような人だ……！）

ダラスの剣捌《さば》きにはまったく迷いがなく、爛々《らんらん》と光る黄金の瞳はまるで獲物に食らいつく肉食獣のようにウルスの隙を窺《うかが》っている。今のところ一進一退の攻防を続けているが、そもそもウルスの攻撃をこれほど受け流している相手なんて初めてだ。

マーナガルムの者たちも荒々しい戦いぶりで、手分けして広間の大扉を内側から閉ざしており、応援の兵がなだれ込んでくるのを防いでいる。トゥルクード兵と戦っている者たちは皆、それぞれナーガを手にしており、その刀身は鋭く研ぎ澄まされていた。

おそらくダラスたちは、武器を取り上げられることをあらかじめ想定して、ナーガの刀身を密《ひそ》かに研いでおいたのだろう。衛兵も、ナーガは装飾品であるという頭があったため、取り上げなかったに違いない。

しかし、短剣とはいえ武器を手にしたマーナガルムの者たちは強く、数や武器で勝る近衛兵も手を焼いており、とてもウルスに加勢できる状態ではない。

自分を護衛するより、ラシードはウルスの手助けに回るべきだ。

「絶対無茶はしません！　僕は下がっていますから、早く！　ウルスを助けて下さい！」

叫んだアディヤと同様に、危機感を募《つの》らせていたのだろう。くっと眉根を寄せたラシードも、やむを得ないといった様子で頷いた。

「……っ、分かりました！　危険を感じたらすぐにお逃げ下さい！」

アディヤに一礼したラシードが、周囲の近衛兵数名に命じる。

「よいか、お前たちはアディヤ様をお守りすることだけに専念しろ！　お前は急ぎ向こうの扉から出て、大扉を破れと伝えよ！」

謁見の間の大扉はマーナガルム一派によって塞《ふさ》がれてしまっているが、玉座側の小さな扉からはまだ出入りができる。王宮の奥へと続くその通路は、応援の兵たちが通るには狭すぎるが、外の兵にこちらの状況を伝えることは可能だ。

ラシードの命を受け、近衛兵の一人が駆け出す。

ラシードはそれを確認すると、すぐさまウルスのもとへと駆けていった。しかし、長剣を抜いたラシードがダラスに斬《き》りかかった次の瞬間、間に割って入った人物がナーガの刀身でその一撃を受けとめる。

ウルスと組み合っていたダラスが、翡翠色の瞳を見開いて叫んだ。

「ルゥルゥ！　無茶すんじゃねぇ！」

「……っ、いいから、あんたはそっちに集中しろ！　王になるんだろ！」

歯を食いしばったルゥルゥが、ラシードの剣をどうにか押し返そうと踏ん張る。しかし、細身の彼が獣人のラシードの膂力《りょりょく》に敵《かな》うはずもない。

「退け……！　大人しく降伏すれば、命まではとらない……！」

唸ったラシードに、しかしルゥルゥは脂汗《あぶらあせ》を浮かべながらも不敵に笑った。

「ハッ、この程度で、誰が！」

「愚かな……！」

ぐっと目を眇めた黒狼が被毛を膨《ふく》らませ、ますます強い力でルゥルゥを撥《は》ねのけようとした、――その時。

「うあああああああ！」

広間の向こうから駆けてきたヤッケが、大声を上げながらラシードに殴りかかってくる。

「兄貴の邪魔すんじゃねえ、おっさん！」

「く……！」

ヤッケを躱すため、やむなく剣を引いたラシードに、すぐさま体勢を整えたルゥルゥが斬りかかってくる。

二人の相手をせざるをえなくなったラシードを横目でちらりと見やり、ウルスが牙を剝《む》いて唸った。

「随分《ずいぶん》部下に慕われておるのだな……！」

「っ、あいつらは部下じゃねぇ！　仲間だ！」

ビッと空を切ったウルスの爪が、ダラスの濃い灰色の被毛を切り裂く。喉奥で低く唸ったダラスが、怯《ひる》むことなくウルスの脇腹を蹴りつけた。

「ぐ……！」

「ウルス！」

呻《うめ》いたウルスに思わず声を上げたアディヤだったが、ウルスは追撃を加えようと振り下ろされたナーガを素早く躱すと、ダラスの懐《ふところ》に重い拳《こぶし》を叩き込む。

グゥッと呻き、一瞬動きをとめたダラスはしかし、きつく眉間に皺を寄せるとウルスの腕目がけてナーガを振り下ろして――。

「……っ！」

「な……っ、ウルス……っ！」

大理石の床にビッと飛び散った鮮血に、アディヤはこれ以上ないほど大きく目を見開いた。

「陛下！　この……っ！」

気づいたラシードが、斬りかかってくるルゥルゥとヤッケを凄まじい力で押し返し、すぐさま駆けつけてくる。ラシードに跳ね飛ばされた二人は、硬い大理石の床に強《したた》かにその身を打ちつけられ、呻き声を上げて失神した様子だった。

ラシードが振り下ろした長剣をナーガで薙《な》ぎ払ったダラスが、たまらず後方に飛びすさる。

「ラシード！　手出しは無用だ……！」

割れんばかりの声で一喝し、血の滲《にじ》む白銀の被毛を逆立ててラシードとダラスを追おうとするウルスに、アディヤは咄嗟に駆け寄っていた。

「待って下さい、ウルス！　手当てを……！」

「必要ない！　お前は奥宮へ下がれ、アディヤ！」

「そんなことできるわけないでしょう！」

苛烈《かれつ》な咆吼《ほうこう》に、けれど一歩も引かずに叫び返して、アディヤはウルスの腕に飛びついた。無我夢中でウルスの傷口を検める。

幸い、豊かな被毛に覆われていたこともあって、傷は浅い様子だった。

「よかった……！　じっとしてて下さい！」

「いらぬ！　そのようなことより、逃げよ！　早く！」

「っ、僕は逃げません！」

力の限りそう叫んで、アディヤは患部に自分の手をかざした。

（落ち着かないと……！　僕の中に巡る、血の力に集中して……！）

目を閉じ、ドッドッドッと駆けるような心臓を必死になだめながら、覚えたばかりの詠唱を口にする。

ほわ、と掌《てのひら》に熱が集まると同時に、あたたかな光がウルスの腕を包み込む。スウッと閉じていく傷口を確認したアディヤは、ほっと息をつき、改めてウルスを強い瞳で見上げた。

「僕は逃げません。王の、……あなたの、伴侶だから」

「……アディヤ」

「待ってます。だから、どうか無事で戻ってきて下さい……！」

ウルスの大きな手を両手で包み込み、祈るようにくちづけたアディヤを見下ろして、ウルスがフッとこの場にそぐわない苦笑を浮かべる。

「……お前は本当に頑固者だな」

「そんなの、今更でしょう？」

自分が頑固なのは、今に始まったことではない。そう返したアディヤに、ウルスは目を細めて頷いた。

「ああ、そうだな。……分かった。手当てをすまぬ、アディヤ。くれぐれも、前には出るな」

身を屈めたウルスが、素早くアディヤの唇を啄《ついば》み、すぐさまダラスと刃を交わすラシードのもとへと跳躍する。先ほどラシードに押し負けたルゥルゥとヤッケも、意識を取り戻すなり立ち上がってダラスのもとへと駆けつけ、五人はあっという間に混戦状態になった。

「……っ、ウルス……！」

ダラスの拳を受けとめたウルスが、黒く鋭い爪を振り下ろす。その隙を狙って斬りかかるルゥルゥの一撃を、ヤッケを押し返したラシードが長剣で受けとめる——……。

（僕も……、僕も、今は自分にできることをしないと……！）

膠着《こうちゃく》状態の戦況に、アディヤはぐっと唇を引き結び、そばに控えている近衛兵たちに命じた。

「あの怪我人のところまで行きます！　一緒に来て下さい！」

「は……！」

ウルスはもちろん、自分もまた、命を危険に晒《さら》すわけにはいかない。けれど、部屋の隅でただ震えて戦況を見守っていることなんて、できるわけがない。

アディヤはぐっと拳を握りしめ、近衛兵と共に広間を駆けて怪我人のもとへと走った。護衛してもらいつつ、傷つき倒れた兵士を手当てして回る。

「大丈夫ですか!? しっかりして下さい……!」

「あ……、アディヤ、様……?」

「すぐに手当てしますから、もう少し頑張って下さい!」

近衛兵に手伝ってもらって怪我人を安全な場所まで運び、神通力で傷を癒す。

(もう少し……、あと少しで、応援が来る……!数で押せば、必ずこの騒動をおさめることができる……!)

広間の大扉からは、先ほどからドンッ、ドンッと大きな音が響いている。おそらく先ほどの近衛兵が、集まった兵士たちにラシードの指示を伝え、外から扉を破ろうとしているのだろう。

押しとどめているマーナガルムの者たちも必死の形相《ぎょうそう》だが、兵士たちがなだれ込んでくるのはもう時間の問題だ。

(それまでに、少しでも多くの人たちの命を救わないと……!)

指先を血に染め、戦場と化した広間を駆け回りながら、アディヤが夢中で兵士たちに手当てを施していた、――その時だった。

ギ……ッと、扉が開かれる音が、アディヤの耳に届く。

大扉とは違う、しかし聞き慣れたその音に、アディヤは玉座を振り返り――、目を、瞠《みは》った。

「……っ、ルト!?」

玉座側の小さな扉から転がり込んできたのは、あろうことかルトだったのだ。

広間で繰り広げられている戦いに目を丸くして立ち尽くすルトの後ろから、ノールが駆け込んでくる。

「ルト様、なりません！　こちらは……！」

「ノール、どうして……！」

先日ジアを探して謁見の間に入って来てしまった一件もあり、今日は表宮自体にルトを近づけないよう、ノールに念を押して頼んでいたはずだ。

叫んだアディヤに、息を荒らげたノールが悲痛な声で叫び返す。

「申し訳ありません……！　ルト様が突然なにかに気づいたご様子で、アディヤ様と陛下が危ないと叫んで走り出して……！」

「……っ、そんな……」

アディヤの脳裏に、ウルスの言葉が蘇《よみがえ》る。

――神通力の強い者は、五感のみならず第六感も鋭敏だ――……。

（もしかして、ルトは今この場で大きな力が働いていることに気づいて……？）

おそらく、アディヤが想像した通りで間違いないだろう。

謁見の間では、ウルスとダラスが直接戦っている。二人の強い力のぶつかり合いに気づいたルトは、ここでなにかが起きていることを察知し、アディヤたちが危ないと思って駆けつけたのだ。

「う……、ふえ……っ」

しかし、実際に戦いを目の当たりにした途端、恐怖が込み上げてきてしまったらしい。

ぐしゃぐしゃっと顔を歪《ゆが》めたルトを見て、アディヤは叫んだ。

「ノール！　早く、ルトを！」

こうなっては一刻も早くルトをこの場から遠ざけ、安全な場所に連れていかなければならない。アディヤに命じられたノールが、ルトを抱き上げる。

「はい！　ルト様、こちらに……！」

――けれど。

「や……っ、いや……！」

ルトがその身を丸めて絶叫した途端、ドッと辺りの空気が揺れる。衝撃波をまともに喰らい、その場に頽《くずお》れるようにして倒れたノールに目を瞠ったアディヤだったが、ルトは呻くノールの腕の中からもがき出てくると、覚束《おぼつか》ない足取りで歩き出した。

「ディ……、ディディ……！　ちちうえ……！」

顔をくしゃくしゃにしたノールが、両手をこちらに伸ばし、しゃくり上げながら歩み寄ってくるのを見て、アディヤは咄嗟にルトのもとに駆け寄ろうとした。

「ルト！　駄目だ、そこを動かないで！」

しかし、その途端、周囲の近衛兵がアディヤを押しとどめる。

「アディヤ様、なりません！　あちらには敵がおります……！」

「離して……！　離して下さい！　ルトが！」

振りほどこうとするアディヤを見かねて、兵の一人が駆け出す。

「私にお任せを……！　ルト様！」

――けれど。

「させるか！」

マーナガルムの一人が、兵士の動きに気づいて背後から斬りかかる。

「ぐああ……っ！」

血飛沫を上げて倒れた兵士に、ルトがびくっと肩を震わせた。

「ひ……！」

真っ青な顔になったルトが、涙を浮かべた目を見開き、ぶるぶると震え出すのを見て、アディヤは息を呑んだ。

「……っ、いけない……！」

このままではまた、ルトの力が暴走してしまいかねない。目にいっぱい涙を溜め、ぶるぶると震えるルトへと、アディヤは声を限りに叫んだ。

「ルト！　ルト、目を閉じて！　今すぐ！」

「……っ、ルト、アディヤの言うことを聞け……！」

ダラスの拳を受けとめながら、ウルスも叫ぶ。

「すぐにお前のもとに行く……！　だから、それまで目を閉じて辛抱していろ……！」

喧噪《けんそう》の中、それでも二人の必死の叫びはどうにか届いたようで、ルトがぐっと唇を引き結ぶ。

「ちちうえ……、ディディ……」

ぎゅっと拳を握りしめたルトが、言われた通り目を閉じる。

アディヤとウルスがほっとしかけた、次の瞬間。

「戦いの最中に、随分余裕だな……！」

唸り声を上げたダラスが、ぎらりと黄金の瞳を光らせる。獰猛《どうもう》なその眼光が、目にもとまらぬ速さでウルスへと迫った、その刹那《せつな》。

「ぐ……っ、う……！」

「ウルス！」

獣の唸りを響かせたダラスが、ウルスの喉笛に食らいつき、牙を突き立てる。

苦悶《くもん》の呻きを上げたウルスに真っ青になったアディヤだったが、その時、幼い我が子の茫然とした声が耳に飛び込んできた。

「おいたん……？　ち……、ちちうえ……」

目を見開いたルトが、ちちうえ、と繰り返す。

袖を握りしめるその手は、先ほどよりひどく震えていて――。

「ルト！　駄目だ、目を開けちゃ！」

「アディヤ様！　お待ちを！」

衛兵の制止も構わず、アディヤは駆け出していた。背後で、ウルスの苛烈な咆吼が響き渡る。

「離せ……ッ！」

猛々しい唸り声を上げたウルスは、どうやらダラスを振りほどき、反撃に出たらしい。再び爪と剣が打ち合う音が鳴り響く中、アディヤは泣きじゃくるルトに死に物狂いで駆け寄ると、その小さな体を強く強く抱きしめた。

「ルト……っ、ルト！　もう大丈夫だよ！　こっちを……、ディディを見て！」

けれど、泣き喚《わめ》くルトにはアディヤの声が届かない。

「ちちうえ……！　ちちうえぇ……！」

深い、深い獣の慟哭《どうこく》に、ぐらぐらとアディヤの五感が揺さぶられる。

悲しみに、怒りに、混乱に、恐怖に、魂《たましい》ごと引きずり込まれ、呑み込まれてしまいそうで――……。

「……っ、ルト……！　お願い、落ち着いて……！」

縋《すが》るように抱きしめるアディヤの腕の中で、ルトの被毛が輝き始める。

同時に、ドドドドドッと、まるで地中でなにかが蠢《うごめ》くような揺れが広間に走って。

「な……っ、なんだ、これは……！」

「くそっ、立ってられねぇ……！」

波打つように揺れる床に、その場にいた者たちが体勢を崩す。大扉を押さえていたマーナガルムの者たちも総崩れになり、外からドッと衛兵が押し寄せてきたが、その衛兵たちも次々に広間の床に膝を着き、身動きが取れない様子だった。

大理石の床に見る間に亀裂が走り、天井からパラパラと石片が落ちてくる。

激しく左右に揺れたシャンデリアが、ついにブツッと音を立てて落下して――。

「……っ！　危ねぇ！」

ルゥルゥとヤッケを小脇に抱えたダラスが、後方へと飛びすさる。無数の硝子《ガラス》がけたたましい音を立てて砕け散る中、ウルスが脇目も振らずにアディヤとルトのもとへと駆けてきた。

「っ、ルト！」

首筋から血を流したウルスが、アディヤごとルトを抱きしめ、口早に詠唱を始める。アディヤは狼狽《うろた》えながらも必死にルトに声をかけ続けた。

「ルト……、ルト、大丈夫だよ……！　大丈夫だから……！」

涙声を震わせるアディヤと、一心不乱に古《いにしえ》の言葉を唱《とな》えるウルスを見て、ダラスが呟く。

「まさか、これはルトの力か……？」

「ダラス！　どうする!?」

と、その時、床に膝をついたルゥルゥがダラスに声をかける。ハッとしたように表情を改めたダラスが、仲間たちに号令をかけた。

「皆、立て！　いったん引くぞ！」

「逃がすものか……！　衛兵！」

不安定な足元ながらなんとか立ち上がったラシードが、ダラスに斬りかかろうとする。しかしダラスはそれをナーガで煩《わずら》わしげに打ち払うと、周囲の仲間たちを助け起こし、その背を力強く押した。

「あっちだ……！　あそこから外に出ろ！」

今にも崩れそうな広間を駆け、転ぶ仲間を支えて玉座側の小さな扉へと誘導する。かろうじて身動きのとれる近衛の兵がそれを追おうとするも、すぐにまた揺れに足元を取られてしまったり、落ちてきた天井の一部に阻《はば》まれ、ままならない。そうこうするうちに、青い衣装を身に纏ったマーナガルムの者たちは、次々に扉から脱出していってしまった。

最後に残ったダラスが、大怪我を負った仲間を肩に担《かつ》ぎつつ、ウルスに向かって唸る。

「王位は必ず奪う……！」

「……っ、させません！」

泣きじゃくるルトを抱きしめながら、アディヤは詠唱を続けるウルスの代わりに、どうにかそれだけを返した。

睨《にら》むアディヤに、ダラスがフッと、この場にそぐわない笑みを浮かべる。

「あんたのその気の強いとこ、嫌いじゃないぜ。じゃあな……！」

「待て！　……ぐっ！」

追いすがるラシードをドカッと蹴り返して、ダラスが扉の向こうへと消えていく。

「追え……！　逃がすな、追え！」

近衛隊に命じ、自らも彼らを追おうとしたラシードだったが、その時、アディヤの腕の中でルトの体がくったりと力を失う。

「ルト……！」

またこの間のように気を失ってしまったのか、ルトは大丈夫なのかと青ざめたアディヤだったが、ルトは顔を上気させながらもうっすらとその夜色の瞳を開いていた。

「ディディ……？」

「……っ、うん……！　うん、ディディだよ、ルト！　ああ、よかった……！」

ルトの意識があったことにほっとし、アディヤはウルスに笑みを向ける。

「ウルス、ありがとうございます！　ルトが……」

――しかし。

「……ウルス？」

「ウ……、ウ、ウ、ウウウ……！」

固く目を閉じ、被毛を逆立てたウルスが、低い唸り声を上げる。

苦悶に満ちたその声は狂おしげで、まるで理性など欠片《かけら》もない、獣のような荒々しさで――。

「っ、ラシードさん！　ラシードさん、ウルスが！」

近衛兵たちと共にダラスを追おうとしていたラシードが、アディヤの叫びに気づいて駆け寄ってくる。

「陛下!?」

「は、なれ、ロ……！」

苦しげに呻いたウルスが、ルトごとアディヤをラシードの方へと押しやる。常にはない強い力に、アディヤは思わず息を呑んだ。

「……っ、ウルス……!?　どうしたんですか!?」

「駄目、だ……！　近づ、ク、ナ……！」

ヴォオオオォッと、聞いたこともないような猛々しい咆吼を轟《とどろ》かせたウルスに、アディヤの腕の中でルトがびくっと震える。

堪えるように、堪えきれないように四肢を地につけ、極限まで被毛を逆立てたその姿は、猛り狂う獣神、そのものだった。

（な……、に、これ……）

先ほどのルトの比ではない、強大な力がウルスの中で膨れ上がっていくのを感じる。

熱く、激しく、圧倒的なそれは、もはや噴火寸前まで煮え滾《たぎ》った溶岩のようで――。

「オ……、オ、オォオオオ……！」

「……っ！」

苦しみを幾重にも重ねたような獣の絶叫が響き渡った途端、広間を再び激しい揺れが襲う。

突き上げるような揺れにとても立っていられず、アディヤはルトをしっかりと抱きしめてその場に膝をついた。

「ウ……、ウル、ス……？」

茫然と呟《つぶや》いたアディヤの呼びかけに、しかし答える声はなかった。

「ウ……、ウ、ウウウ……！」

低い唸り声を上げたウルスが、カッとその目を見開く。

爛々《らんらん》と光る黄金の瞳は、常の満月のようなやわらかさなど微塵《みじん》もない、――獣のそれだった。

「グォオオオ……ッ！」

瞳を燃え上がらせた真っ白な獣が、狂ったように猛り、高い天井を支える大理石の支柱に凄まじい勢いで体当たりをし始める。

何度も体当たりを繰り返され、みしみしとヒビが

入り始めた太い支柱に気づいたラシードが、血相を変えてアディヤを促した。

「アディヤ様、こちらへ！　早く避難を！」

「っ、でも、ウルスが！」

強引に広間から連れ出そうとするラシードに、アディヤは懸命に問いかけた。

「これ……っ、これ、ウルスの力が暴走してるんですよね……!?」

「……っ、私にも分かりません！　なんで……!?」

「ですが、今は早くお逃げ下さい！」

部下たちを呼び寄せたラシードが、気を失ったままのノールや怪我人を抱いて運ばせる。近衛の兵に避難を促されて、アディヤは咄嗟にそれを拒んだ。

「待って下さい！　ウルスをこのままになんてしておけない……！　ウルス！　目を覚まして下さい、ウルス！」

しかし、アディヤの必死の呼びかけにもウルスは反応せず、ドォンッと支柱への体当たりを続けている。ビリビリと空気を切り裂くような獣の猛り声が渦巻《うずま》き、ぐらぐらと地が揺れる中、ラシードが怒鳴った。

「お逃げ下さい、アディヤ様！　もしアディヤ様とルト様に万が一のことがあれば、陛下は決してご自分を許しません！　陛下の御為《おんため》にも、どうか……！」

「で……っ、でも、それじゃウルスが……！」

「この場は私にお任せ下さい！　私が陛下を取り押さえます……！」

忠実な黒狼の腹心を見上げて、アディヤはぎゅっと唇を噛んだ。

確かに、ラシードの言う通りだ。

今のウルスは完全に我を失ってしまっていて、アディヤの声も届かない。力ずくで押さえ込む他ないだろう。

けれど、もしもこのままウルスの暴走を押さえ込めなかったら、ウルス自身はどうなってしまうのだろう。

この王宮は、この国は、崩壊してしまうのではないか――……。

「……ディディ」

と、その時、アディヤの腕の中で、ルトが身じろぎする。

「……ルト」

「だ……、だいじょうぶ。こわく、ないよ。ルトが、いっしょだよ」

震える声でそう言ったルトが、ぎゅっとアディヤの手を握りしめてくる。

小さなその手のあたたかさに、アディヤは思わず息を詰まらせ――、……頷いた。

「……っ、うん。うん……！」

(僕は、なにがあってもこの子を、ルトを、守らないと……！)

ウルスの言葉が、脳裏に鮮明に甦《よみがえ》る。

『……お前たちは、私の宝だ』

あの時は大げさだと苦笑したけれど、アディヤも同じ気持ちだ。

二人は自分にとってなににも代えがたい、なによりも大切な、宝物だ。

だからこそ、ウルスにルトを傷つけさせるわけにはいかない。

ルトを守るためにも、ウルスが正気に返った時のためにも。

アディヤは一度深呼吸して決意すると、改めてラシードを見上げて言った。

「……ウルスを、頼みます。必ず、……必ず、助けて下さい……！」

「は……！」

かしこまったラシードが、近衛兵に目配せする。

ルトを抱き上げたアディヤは、猛々しい咆吼を上げ続けているウルスをまっすぐ見つめた。

「ウルス……！」

走り出したアディヤの背を追うように、ウルスの低い声が広間に轟く。

「コロ、セ……！」

それは、白狼の王に残された、最後の理性だった。

「私ヲ、殺セ……！」

「……っ」

黄金の瞳が、鋭利な刃のようにギラリと光る。

振り返った先、開け放たれた扉の向こう側で、ガラガラと崩れ落ちる玉座を背にした白い獣が、狂おしげな絶叫を響かせた――。


窓の外は、大嵐だった。

ゴウゴウと強風の渦巻く中、空を覆う厚い雲間には絶えず稲光が走り、激しい雨が降り続いている。時折、真っ暗な闇を轟音《ごうおん》と共に雷が切り裂き、鳴動《めいどう》するように大地が震えていた。

「ちちうえ……」

腫《は》れ上がった目元に涙を滲ませ、疲れ果てた様子で寝台で眠るルトに、アディヤはそっと毛布をかけた。子供部屋の厚いカーテンをきっちりと閉め、控えていた侍女長に歩み寄る。

「……今晩はルトのそばについていてもらえますか」

「はい、それはもちろん……。アディヤ様も、どうかもうお休み下さい。兵の手当てをして回って、さぞお疲れでしょう」

気遣わしげにそう言う侍女長に、しかしアディヤは静かに首を横に振った。

「……ウルスはまだ、戦っているんです。僕が休むわけにはいきません」

きっぱりとそう言ったアディヤに、侍女長が表情を曇らせる。

「アディヤ様……」

「ルトを、頼みます」

はい、とお辞儀《じぎ》する侍女長にあとを頼んで、アディヤは部屋をあとにした。

足早に廊下を進み、執務室へと急ぐ。

「遅くなりました。ウルスの様子はどうですか、ナヴィド先生」

執務室には、王室付き医師のナヴィドの他、頭部に包帯を巻いた黒狼姿のラシードと、濡れた外套《がいとう》を抱えたノールが集まっていた。

アディヤに問われたナヴィドがまず、口を開く。

「残念ながら、まだ理性が戻る様子はありません。鎮静剤もまるで効かず、腕や足はかろうじて手当てを施せましたが、最もひどい喉元のお怪我を診《み》ることはできず……」

「……そうですか」

アディヤは俯いて、ぐっと唇を引き結んだ。

あの後、アディヤがルトを連れて避難している間に、ウルスはラシード率いる近衛隊によってなんとか取り押さえられた。だが、崩落寸前の広間で暴れ狂う狼王を押さえ込むのは相当手こずったらしく、怪我を負った者は十数名に上り、ラシードも頭に怪我を負った。

それでもどうにかウルスを捕《と》らえたラシードは、理性を失った主君をやむなく地下牢に繋いだ。暴走する神通力の影響を少しでも押さえ込むため、そしてなにより、ウルスが周囲や彼自身を傷つけてしまうのを防ぐためである。

傍系の王族が数名がかりでウルスの力を引き込む詠唱を行い、大地の揺れはどうにかおさまった。しかし、強大すぎるウルスの力のすべてを押さえ込むことはできず、謁見の間が崩落した直後に起こった嵐は夜になっても続いている。

四肢を鎖に繋がれた白狼の王は、今も地下牢で暴れ続けている――。

「……今のところ、嵐に襲われているのはこの王都のみです。しかし、雨と雷の範囲は広がり続けている様子でした」

そう報告するノールは、意識を取り戻して事の次第を聞くなり、アディヤたちがとめるのも聞かず、周辺の様子を見て参りますと嵐の中飛び出していき、ようやく帰ってきたばかりだ。

「今、王宮の者が総出で城下を駆け回り、土砂崩れや洪水の対策に当たっています。すでに危険地域の住民も避難させていますが、この嵐が周辺の街にまで広がってしまったら、とても手が回りません。早急に陛下の力の暴走をとめないと……」

眉根を寄せるノールに、ナヴィドが頷いて付け加える。

「嵐をとめることももちろんですが、急がなければ陛下は二度と自我を取り戻せなくなる恐れがあります。今、一帯の被害が大嵐程度で済んでいるのは、陛下が無意識下で必死に力の暴走を抑え込もうとなさっているからこそです。しかし、いくら陛下が強《きょう》靭《じん》な精神力をお持ちでも、そのような極限状態をずっと保てるはずがありません。いずれは精神が崩壊してしまうでしょうし、そうなってしまえば、この国も更なる災厄に見舞われる可能性が高いでしょう」

「……っ、分かっています」

危《き》惧《ぐ》していたこととはいえ、改めて医師であるナヴィドにそうはっきり告げられて、とても平静ではいられない。

けれど、それでも自分は今、ウルスの代わりにこの国を守らなければならないのだ。

アディヤは深呼吸すると、ぐっと拳を固く握りしめてラシードに向き直った。

「まずは、すぐに国庫の備蓄を各避難所に届けないと……。ラシードさん、手配を……」

「アディヤ様、それは私が」

しかし、皆まで言う前にノールがそれを遮る。

「備蓄の手配は、私でもできます。ラシード様はアディヤ様とご一緒に、陛下の暴走をおとめする手立てをお考えになった方がいいかと」

「ノール……。でも、あんなことがあったんです。今は休んで……」

ノールが王都の様子を知らせてくれて助かったが、彼はルトの力で気絶させられていたのだ。今は休んだ方がいい。

そう思ったアディヤだが、ノールは険しい顔つきで首を横に振る。

「いいえ。今回のことは、ルト様をおとめできなかった私に責任があります。どうか私にお命じ下さい。お願いいたします」

頭を下げた近侍の思いつめた様子に、でも、と躊《ため》躇《ら》ったアディヤだが、その時、ラシードが低い声で尋ねる。

「ノール。お前、この騒動がおさまった暁《あかつき》には、責任を取って職を辞するつもりではないだろうな？」

「……っ、それは……」

ラシードの指摘は図星だったのだろう。

言葉に詰まったノールに、ラシードがため息混じりに告げた。

「……以前、私も似たような状況で職を辞そうとしたことがあった。だが、陛下はこう仰《おっしゃ》った。『辞めたところで、なにもかも投げ出すだけのことではないか』、と」

「…………」

「それからこうも仰っていたな。『責任を取るというならば、いっそう身を粉《こ》にして働け』……。あの方らしいお言葉だと思わないか？」

口元に苦笑を浮かべて問いかけるラシードに、ノールが俯いたまま頷く。

「……はい」

「もし陛下がこの場にいらしたら、同じことをお前に言うだろう。……まあ、私に対するより、もっとやわらかい言い方だろうが」

最後はぼやくような口調になったラシードに、アディヤも少し苦笑して頷いた。

「きっとそうですね。……ノール、辞めるなんて言わず、どうかこれからも僕を助けて下さい。僕には君の助けが必要です」

「アディヤ様……」

「備蓄の手配、よろしくお願いします、ノール」

そう頼んだアディヤに、ノールが表情を改める。

「はい……！　今夜中に、すべての避難所に食料と毛布を届けます」

一礼したノールが、サッと部屋を出ていく。

その背を見送るアディヤに、ラシードが口を開いた。

「……アディヤ様、まずは現状をご報告申し上げます。申し訳ありません、結局あの者たちの行方は追いきれませんでした。ですが、すでに国中に触れを出し、王位を狙う不届き者としてダラスたちマーナガルムを捕らえるよう呼びかけております。とはいえ、あの目立つ青の衣装はもうどこかで着替えているでしょうが……」

追っ手を差し向けたラシードだったが、ダラスたちは混乱に乗じて逃げおおせてしまったらしい。アディヤはラシードに向き直り、頷いて言った。

「あんな状況でしたから、それは仕方ありません。それらしい人たちの目撃情報が上がってきたら、対処しましょう。それよりラシードさん、頭の怪我を診せてもらえますか」

騒動の後、ラシードは怪我の処置もそこそこに、事態の収束のため駆け回っていた。暴走したウルスの捕縛や監視態勢の手配はもちろんだが、先ほどノールが言っていた、災害対策や住民の避難指示も彼が出してくれたものだ。

自分の神通力で手当てをと思ったアディヤに、ラシードが慌てて言う。

「いえ、そのようなお気遣いは……！　聞けばアディヤ様はトゥルクード兵のみならず、逃げ遅れたマーナガルムの者の手当てもされていたとのこと。これ以上お力を使うのは、どうかお控え下さい……！」

「……そんなわけにはいきません」

遠慮するラシードをまっすぐ見上げて、アディヤは首を横に振った。

あの場から一度は避難したアディヤだが、揺れがおさまり、捕らえられたウルスの自我が戻るには時間がかかると判明した後は、崩壊した広間に戻り、落ちてきた天井の下敷きになった者の救出と怪我の治療に当たっていた。

幸い命を落とした者はいなかったものの、アディヤの神通力だけですべての怪我を完治させることは到底不可能だ。そこでアディヤはナヴィド医師からの助言をもらい、怪我の程度を軽くすることに専念した。——敵味方、関係なく。

「たとえウルスの意思ではないとはいえ、今回のことはトゥルクード王室の責任です。ウルスが身動きが取れない今、伴侶の僕がウルスに代わって、怪我をしたすべての方にできる限りの手当てをするのは、当然のことです」

「それは……、ですが……！」

決然と言ったアディヤに、ラシードが食い下がろうとする。アディヤは再度頭を振って、ラシードを遮った。

「……それにラシードさん、言ってたじゃないですか。もし僕やルトに万が一のことがあったら、ウルスは自分を許さないって。それはきっと、ラシードさんにも当てはまるはずです」

ウルスが理性を取り戻した時、自分のせいで腹心が重傷を負ったと知れば、きっと気にする。ウルスのことだから口には出さないかもしれないが、ひどく落ち込むことだろう。

「だから、僕に手当てさせて下さい。お願いします」

「アディヤ様……、……はい」

頷いたラシードが、その場に片膝をつく。ウルスと同等の巨軀《きょく》を誇る黒狼の傍らに立ったアディヤは、その頭に巻かれた包帯をそっと解き、傷口に片手をかざした。

あたたかくやわらかな光を受けながら、ラシードが躊躇いがちに口を開く。

「……アディヤ様。今回のことはおそらく、陛下がルト様の力を己の中に取り込みきれなかったために起こったことだと思います」

「はい、僕もそう思います。あの時ウルスは、ルトの力が最初に暴走した時と同じ詠唱を繰り返していました」

今も耳に残る、ウルスのなめらかな低い声。

紡《つむ》がれていたあの古の言葉は、ルトの力をウルスの中に引き込むための詠唱だ。

(ウルスは、誰よりも強大な力の持ち主だ……。もちろん、その力の受け皿である器《うつわ》も、他の誰よりも大きいはず。でも、ウルスの器をもってしても、ルトの力を抑えきれなかった)

つまり、それだけルトの力が大きかったということなのだろう。

すう、と閉じた傷口を確認して、アディヤは終わりました、と声をかける。ありがとうございますと礼を言ったラシードが立ち上がり、表情を曇らせて言った。

「以前、陛下の力が暴走した時は、アディヤ様が陛下を正気に返らせて下さいました。しかしあの時と今とでは、状況が違います」

ラシードの言葉に、アディヤも頷く。

「あの時のウルスは、自分の感情が制御できなかっただけだった。だから、僕の呼びかけで正気に返ることができたんです。でも、今回はそうじゃない」

怪我人の手当てを一通り終えた後、アディヤはもう一度地下牢に繋がれたウルスのもとを訪れていた。しかし、アディヤが何度呼びかけてもウルスは正気を取り戻してはくれず、それどころか、近づこうとするアディヤに獣のように牙を剝いたのだ。

同じく牙を剝かれ、ウルスの怪我の手当てがままならなかったナヴィドが、難しい顔つきで告げる。

「今の陛下は、強大すぎる力に呑み込まれてしまっています。陛下の御身内《おみうち》で荒れ狂う力そのものをなんとかしなければ、とても正気づかせることなどできないでしょう」

「……はい」

頷いたアディヤにも、それは分かっていた。

溢《あふ》れてしまった力は、他の器に移し替えなければならない。

より深く、より大きな器に。

だが――。

「……問題は、誰が陛下の力を受け入れるかということです」

呻くラシードに、ナヴィドも頷いて言う。

「暴れる陛下を制御することは、近衛隊がどうにかできるでしょう。ですが、傍系の王族の方々数名がかりでも、陛下のお力を押さえ込むことはできませんでした。他に陛下ほどの強い力を受け入れられる者となると……」

「……っ、やはりここは、私が……」

思いつめたような低いラシードの呟きを、アディヤはきっぱりと遮った。

「駄目です。もしそれでラシードさんまで暴走してしまったら、取り返しがつきません」

「しかし、他に適任者など……！」

語気を荒らげたラシードをまっすぐ見上げて、アディヤは静かに告げた。

「……僕が、やります」

「っ、アディヤ様が？　で、ですが……」

思いもよらない言葉だったのだろう。息を詰めたラシードが、ナヴィドと顔を見合わせる。

アディヤは二人をじっと見据えて言った。

「……確かに、僕はまだ未熟で、怪我の手当てはできても、力を自在に操《あやつ》ることはできません。ウルスやウルスのお父さんのように、詠唱で溢れた力を自分の中に引き入れることはできない。でも僕は、別の方法でウルスの力を受け入れることができます」

アディヤの懐妊が分かった時、ナヴィド医師はこう言った。

『歴代の王の中でも、ウルス陛下は特に神通力がお強い。そのお力を直接身に受け続けたこと、また、神子《みこ》となられたことで、アディヤ様のお体に変化があったのでしょう』と――。

「今まで、男の神子が子供を授《さず》かった記録はありません。にもかかわらず僕がルトを授かることができたのは、ウルスが伝承の大神と同じ白狼で、強い神通力の持ち主だったからです。そして、僕はウルスと交わることで、ウルスの力を受け入れることができる。……ですよね、ナヴィド先生？」

アディヤの問いかけに、ナヴィドが呻く。

「それは……、……確かに、その方法であればアディヤ様にウルス陛下のお力を移すことは可能でしょう。しかし、一度の交わりでは到底足りないかと思われます。何度も交わり、陛下の精をお体に取り込まなければ……。ですがそのようなこと、陛下が正気を取り戻す前にアディヤ様のお体が壊れてしまいます」

心配そうに眉根を寄せる老医師に、アディヤは笑みを向けた。

「僕なら大丈夫です。案外丈夫だって、ナヴィド先生も知っているでしょう？」

「アディヤ様、ですが……！」

なおもとめようとするナヴィドに、ラシードも頷いて同調する。

「いくらなんでも無茶です、アディヤ様。それに、はばかりながら申し上げますが、うまく行ったとして、今度はアディヤ様のお力が暴走する恐れが……」

「……僕は神子です、ラシードさん」

ラシードを遮って、アディヤは静かに言った。

「ウルスも言っていました。僕の力はまだ不安定だけど、器自体は普通の獣人よりもはるかに大きいはずだって。鍛錬《たんれん》を積めば、大きな術も使えるようになるって」

ウルスはいつも、アディヤの力を信じてくれていた。

『お前は唯一無二の神子。私の神子なのだから、必要な時には必ず力を使える』

『この先鍛錬を積めば、必ずや大きな怪我もたちどころに治せるようになる』――……。

（ウルスが信じてくれているから、僕は僕を信じることができる。ウルスの信じてくれる僕を、僕は信じる）

心の中でそう誓って、アディヤはラシードを見上げた。

「それに、これは元々ルトが引き起こしたことです。僕は親として、その責任を取ります」

「アディヤ様……」

きっぱりと言いきったアディヤに、ラシードが眉間に皺《しわ》を寄せて唸る。

言葉を失くした黒狼を見つめて、アディヤは唇を引き結んだ。

（……どんなことをしてでも、ウルスを助ける）

ウルスよりも更に幼いうちから神通力に目覚めたルトは、おそらく歴代の王の中でも随一の力の持ち主となるだろう。しかしそれには、父であるウルスの助けが必要だ。

ウルスを必要としているのは、ルトだけではない。

彼は、このトゥルクードの唯一無二の王だ。

この国の民たちは皆、彼を必要としている。

なにより、愛するウルスをこのままにはしておけない。

心の奥底でもがき苦しんでいるウルスを、なんとしてでも助けなければ――……。

「僕が、ウルスの力の暴走をとめます。……必ず」

夜色の瞳に決意を滲ませ、改めてそう告げたアディヤに、ラシードが声にならない声で呻く。

沈黙の落ちた部屋に、窓硝子を打つ激しい雨音が響いていた――。


ギイ、と地下牢の鉄格子が開く。

奥から聞こえてくる獣のような唸り声にぐっと眉を寄せて、アディヤは衛兵と共に随行してきたラシードを振り返った。

「ラシードさんは、皆さんと地上へ戻って下さい。朝まで誰も通さないようにお願いします」

「……かしこまりました。念のため、近衛の者に轡《くつわ》をつけさせましたが、くれぐれもお気をつけ下さい」

一礼したラシードだが、その表情は晴れない。アディヤは苦笑して彼をなだめた。

「大丈夫ですよ、ラシードさん。ウルスの強さは、ラシードさんが一番よく分かっているでしょう？ウルスはちゃんと、自分を取り戻してくれます」

「……私が心配しているのは、なにも陛下のことだけではありません」

一層険しい顔つきになった黒狼に、アディヤは微笑みかけた。

「ありがとうございます。万が一の時には、ラシードさんがルトの後見になって下さい」

「アディヤ様……」

ぐっと眉根を寄せたラシードが、背筋を正して首を横に振る。

「……そのような大役、私にはとても務まりません。ですからどうか、お二人ともご無事でお戻り下さい」

謹厳な近衛隊長に、アディヤはハイ、と頷いた。

「もちろん、そのつもりです。皆さんも、お疲れのところ申し訳ありませんが、よろしくお願いします」

衛兵にも目礼して、アディヤはランプを手に、地下の奥深くへと続く階段を下りていった。

トン、トン、と足音が薄闇に吸い込まれていく。

一段、また一段と進むにつれ一層強く、大きくなる獣の唸り声に身を強ばらせながら、アディヤは最後の一段を下り、薄暗い通路を奥へと進んだ。

——頑丈な鉄格子の向こう側、暗く淀んだ闇の片隅に、その獣はいた。

床に座らされ、太い鎖で四肢を雁字搦《がんじがら》めに繋がれた上に鉄製の轡《くつわ》を嵌《は》められて、真っ白な被毛を逆立てて唸り続けているその狼こそ、トゥルクードの現国王——……。

「……ウルス」

そっとアディヤが声をかけた途端、理性を失った獣の瞳がギラリと憤《いきどお》りに燃える。

「グゥウウウ……！」

「……っ」

轡《くつわ》越しでくぐもった、しかし敵意に満ちた咆吼に、アディヤは思わず息を呑まずにはいられなかった。

ドドドッと一気に鼓動が跳ね上がり、本能的な恐怖に膝が震え出す。

これ以上この獣に近寄りたくない。

今すぐ後ろを向いて、この場から走って逃げ出してしまいたい。

――けれど。

「っ、僕です、ウルス！　アディヤです……！」

血の気を失った指先をぎゅっと握って、アディヤは手にしていたランプを床に置いた。カラカラの喉から必死に声を絞り出し、震える冷たい手で鉄格子の鍵を開ける。

「ヴウウウウ……ッ、ウウウウウ……！」

牢の中に足を踏み入れたアディヤに気づいたウルスが、怒り狂って身を捩《よじ》る。頑丈な鎖が、ガシャガシャと耳障《みみざわ》りな音を立てて擦れ合った。

「ウルス……」

顔を青ざめさせながらも、アディヤはゆっくりりと慎重にウルスに近づいていった。

ウルスの四肢に取りつけられた鎖はそれぞれ壁と床とに繋がっており、更に少しの身動きも阻むよう、途中で頑丈な鉄製の杭《くい》が打ちつけられていた。胴に巻きつけられた鎖も左右の壁に杭で固定されており、まるで磔《はりつけ》にされているかのようだ。

豪奢《ごうしゃ》な刺繍《ししゅう》が施された王の装束は見るも無惨《むざん》な有様で、襤褸《ぼろ》切れと化している。美しい白銀の被毛のところどころには血が固まってこびりつき、本来の輝きをすっかり失っていた。太く逞《たくま》しい腕や足の傷には包帯が巻かれているが、首筋の傷は未だに赤々と血に濡れている。おそらく、ダラスに相当深く牙を突き立てられたのだろう。

爛々と光る瞳は血走り、普段の彼とは打って変わって獰猛な色を浮かべている。

漏れ聞こえてくるのは意味を成さない唸り声ばかりで、今のウルスはまさに手負いの獣、そのものだった。

（でも、今この瞬間も、ウルスは自分の中の力と戦ってる。呑み込まれないよう、必死に打ち勝とうとしている。……ウルスを助けるためにも、この国のためにも、僕が逃げ出すわけにはいかない……！）

ぐっと唇を引き結ぶと、アディヤはウルスの傍らに膝をついた。威嚇《いかく》するように一層低い声で唸る白狼に、そっと声をかける。

「……先に傷の手当てをします。じっとしていて下さい」

いくら話しかけても、今の彼には自分の言葉は届かない。それでも、声の調子や行為から敵意がないことは伝わるはずだし、ウルスが自我を取り戻すきっかけになるかもしれない。

アディヤはなるべくゆっくり優しく語りかけながら、ウルスの方へと身を乗り出した。

「こんなに傷ついて……、痛かったですよね。ずっと手当てできなくて、ごめんなさい」

「グゥウ……！　ヴウウ……！」

ギラギラと瞳に敵意を浮かべて、ウルスが身じろぎする。しかし、がっちりと巻きついた鎖に阻まれ、ほとんど身動きは取れない様子だった。

アディヤは思いきって手を伸ばし、ウルスの首元に抱きついた。しきりに頭を振るウルスに必死にしがみつき、喉の傷口に手をかざす。

「っ、少しだけ大人しくしていて下さい……！　すぐ済みますから……！」

アディヤの手から生じた淡くやわらかな光が、暴れるウルスの傷に降り注ぐ。すう、と閉じていく傷口に、アディヤはほっと息をついた。

ウルスから身を離し、微笑みかける。

「……ルトは無事です。ウルスのおかげです。ありがとう、ウルス」

「ヴウ……！」

「一緒にルトのところに帰りましょう。……僕が、あなたを取り戻します」

獣の色をした瞳をまっすぐ見つめてそう言うと、アディヤはウルスの足の間に移動した。膝をつき、おそるおそる手を伸ばしてウルスの衣の帯を解く。

目を瞠ったウルスが、身を強ばらせ、一際険しい唸り声を上げた。

ガシャンッと、頑丈な鎖が重い金属音を立てる。

「グウウウウ……ッ！」

「っ、暴れないで、ウルス。僕は絶対、あなたを傷つけたりしませんから」

あらわにしたウルスの下肢が、緊張に強ばる。萎《な》えていても息を呑むような大きさの性器を見つめて、アディヤはこくりと喉を鳴らした。

（……なるべくたくさん、ウルスの精を僕の中に取り込まないといけない。そのためには……）

緊張に冷たくなった指先を怖々と伸ばし、太いそれに触れた途端、ウルスの瞳が怒りに燃え上がる。

普段とはまるで違う、拒絶の色を浮かべた瞳に、アディヤの心臓はぎゅっと握りしめられるように痛んだ。

今のウルスは我を失っているから当たり前のことだと分かっているが、それでも愛する人にこうして触れ合うことを拒絶されるのはつらい。

（早く……、早く元に戻って、ウルス。いつもみたいに、優しく笑いかけてほしい……）

込み上げてくる熱いものを堪えて、アディヤはそっと、ウルスの性器を手で愛撫した。

だが、いくら撫でさすっても、被毛を逆立てた白狼は動きの不自由な体で暴れようとするばかりで、まるで反応しない。

アディヤはじっとウルスの瞳を見つめ、想いを込めて愛を告げた。

「好きです、ウルス……。あなたのことを、心から愛しています」

「ヴウウ……！」

「ウルスの全部が大好きです。……あなたを失いたくない」

豊かな被毛に覆われた胸元に、そっとくちづける。すると、手の中の雄がぴくりとかすかに跳ねた。

「……っ、ウルス……？」

もしかして少しは自我が戻ったのだろうか。わずかな期待を込めてウルスを見つめたアディヤだったが、ウルスはこちらを険しい目で見据え、喉奥で低く唸り続けている。

アディヤはきゅっと一度唇を引き結ぶと、ウルスに懸命に微笑みかけた。

「……口でしますね。そのまま、動かないでいて下さい」

「……ッ、ヴウウウ……ッ！」

「ん……」

びくりと内腿を跳ねさせ、身を強ばらせるウルスのそこに、アディヤは唇を寄せた。ちゅぷりと先端を含み、唇の内側で喰《は》むようにして何度もキスを繰り返す。

「グウウッ、ヴウウッ！」

「んん……、は……っ、好きです、……大好き」

逃れようと腰を引くウルスだが、背後は壁で、腕も足も拘束されていては逃げ場などない。囁きながらキスを繰り返し、アディヤはじょじょに芯を持ち始めた雄茎を丁寧に舌で舐め上げた。

「……っ、ん……、熱く、なってきた……」

熱を帯びてきたことが嬉しくて、小さな口で含めるところまで含み、余ってしまった茎の部分を手で懸命に擦る。ちゅ、ちゅう、と先端を吸うと、じわりと塩気のある蜜が滲み出てきた。

「んん……」

「……ッ！」

ちゅるりと音を立てて蜜を啜《すす》ったアディヤに、ウ

「……これ、いいです、か……？　なら……」

未だ瞳に剣呑な光を浮かべている獣に微笑みかけ、くちゅくちゅと手での愛撫を続けつつ、血管の浮いた幹に何度もキスをする。ちゅ、ちゅっとゆっくり下に移動したアディヤは、張りつめた蜜袋にも唇を押し当てた。

「ヴウウ……！」

「……っ、は……」

ずっしりとした重さに、濃い雄の匂いに、頭の芯が痺れるような陶酔《とうすい》感が込み上げてくる。触れてもいない自分の性器に、じわじわと甘い熱が集まり始めるのが分かって、アディヤはぐっと唇を引き結んだ。

今は自分が悦《よ》くなることではなく、ウルスを悦くすることだけを考えなくては。

「ん……、ウルスのこれ、たくさん……、たくさん飲ませて下さい……」

ルスが息を詰め、ビクッと腰を震わせる。明らかに快感を得ているその様子に、アディヤは一層熱心にウルスの雄を舐めしゃぶった。

「ん、は……、ん、ん……、気持ちよく、なって、ウルス……」

普段、アディヤにあまり奉仕めいたことをさせたがらないウルスだが、されてばかりではいけないと、アディヤは少しずつ口での愛撫の仕方を覚え始めていた。いつもはまだ恥ずかしさが先に立ってなかなか大胆なことができないが、今はそんなことを言っている場合ではない。

潤んだ瞳で彼を見上げながら、すっかり硬くなった怒張にねっとりと舌を絡ませ、扱《しご》き立てる。少しでも感じさせたくて、空いた手で根元の膨らみも優しく揉《も》むようにして刺激すると、ウルスの呻き声が変化し始めた。

「ヴウウ……ッ、ウ、ウウ……ッ」

たっぷりと精液の詰まったそこに、舌先をぬるぬると這わせる。促すように強く舐め上げると、びくびくっとウルスの太い腿が脈打った。

どぷりと溢れた先走りの蜜が、熱い雄茎をとろとろと伝い落ちてくる。ぬめるそれを舌でぺろぺろと舐め上げて、アディヤは再びウルスの先端にくちづけた。

「出して、ウルス……！」

「……ッ、……ッ！」

轡越しに何度も息を詰めたウルスが、びくりと逞しい性器を震わせる。

その次の瞬間、アディヤの口腔《こうこう》に熱い飛沫が飛び散った。

「んう……っ、ん、んんっ！」

まるで叩きつけられるようなその勢いに驚きつつ、アディヤはウルスの精液を懸命に口で受けとめた。

びゅううっと喉奥に流れ込んでくる奔流《ほんりゅう》を、必死に飲み下す。

「ん……！　けほ……っ！」

咳き込みつつ、白濁を飲み込んだアディヤだが、人間のそれよりも濃く、量も多い獣人の精はとても一度で嚥下《えんか》できるものではない。

頬に飛んだそれを指先で拭って、アディヤはそれもまたこくりと飲み下した。

「……っ、ん……」

とろりとした白蜜を飲み込んだ途端、軽い目眩《めまい》に似た恍惚《こうこつ》感に襲われる。

常にはないその感覚は、明らかにウルスの精に彼の力が蓄《たくわ》えられている証だった。

「……ん、全部、飲まないと……」

「グウウ……！」

呟いて、やわらかな唇でまだ硬いままの雄芯《ゆうしん》に吸いつく。ちゅる、と残っていた精液を啜って、アディヤは白濁にまみれたウルスの雄茎を丁寧に舌で舐め清めた。

「ウ、グ、グ……ッ！」

ぬるぬるとした小さな舌の感触に、ウルスが悔しげな呻き声を上げる。今の彼にとって、これは屈辱的な行為でしかないのだろう。

（……でも、まだやめるわけにはいかない）

ウルスの正気が戻るまでは。

夜色の瞳を伏せて、アディヤは一層深く、獣の熱茎を咥《くわ》え込んだ――……。


月の光の届かない、暗く湿った地下牢に、ぐちゅぐちゅと淫猥《いんわい》な音が響いている。

「グ、ウ、ウ……ッ」

ガシャガシャと鎖を打ち鳴らし、轡越しに怒りに満ちた唸り声を上げ続けるウルスの足の間に蹲《うずくま》っていたアディヤは、熱い吐息を零《こぼ》しながら顔を上げた。

「ん、は……っ、んう……っ」

てろり、と唇の端から白濁混じりの蜜が零れ落ちる。ずっと続けていた口淫のせいで、すっかり感覚が鈍くなってしまった舌でそれを舐め取って、アディヤはこくりと喉を鳴らした。

「……っ、は……、んん……」

息を詰めたアディヤは、すでに衣を床に脱ぎ落とし、一糸まとわぬ姿で床に這いつくばっていた。

ウルスの雄茎を握っているのと反対の手は高く掲げた双丘の奥に伸ばされており、細い二本の指が埋まっているその後孔は、とろみのある蜜に濡れ光っている。

ウルスのもとに向かう前、アディヤはトゥルクード王室に代々伝わる媚薬を持ち出していた。人ならざる王を妃が受け入れるため、初夜に用いられるそれは、アディヤもかつてウルスに使われたことがあるものだ。

いつもはウルスが舌でじっくりと愛し、繋がる準備を施してくれるが、今夜はそうはいかない。ウルスと何度も交わるためにも、媚薬はどうしても必要なものだった。

だが、日を置かずウルスと睦《むつ》み合っているアディヤの後孔は、ただでさえ熟《う》れて敏感になっている。そこに処女でも乱れてしまう媚薬を施したのだから、ひとたまりもない。

ひくひくと収縮し、舐めしゃぶるようにうねる内壁の甘い疼《うず》きに、アディヤの理性はもう焼き切れてしまいそうだった。

(なるべくたくさん口で達《い》かせてからって思ったけど……、でも、もう……っ)

「んん……っ」

自ら施した媚薬の疼きに耐えかねて、アディヤはぬるりとそこから指を引き抜いた。腿を擦り合わせるようにして揺れてしまう腰に頬を赤らめながら身を起こし、ウルスの胸元に手を置いて跨《また》がる。

「ウウウ……!」

獣の唸り声を響かせ、黄金の瞳を爛々と光らせてこちらを睨むウルスに、きゅっと胸の奥が痛むのを堪えながら、アディヤはそっと背後に片手を伸ばした。

「挿《い》れます、ね……?」

後ろ手で握ったウルスの雄茎は、もう何度も精を放っているにもかかわらず硬く熱いままで、びくびくと脈打ち続けている。片手では到底おさまりきらないその熱塊《ねっかい》が、体の奥まで入ってきた時の圧倒的な快感を思い出すと同時に、いつも以上に巨大なそれを受け入れる苦しさを想像して、アディヤはぐっと唇を引き結んだ。

こんな状態で、こんなにも猛っているウルスの雄を受け入れたら、自分がどうなってしまうか分からない。けれど、ここでやめるわけにはいかない。

「僕の中にいっぱい出して下さい、ウルス……」

「グウ……！」

ガシャガシャと耳障りな音を立てて鎖を揺らしながら、ウルスがくぐもった咆吼を上げて暴れようとする。

振り落とされてしまわないよう、その首筋にしっかりと摑まって、アディヤはウルスの雄茎を己のそこに宛がった。

「ん……！」

熱く張りつめた先端が蕩《とろ》けた入り口にくちゅりと触れた途端、頭の芯まで痺れるような快感が走る。

早くこの熱が欲しくて、奥までいっぱいに満たされたくて、媚薬に疼くそこが雄に勝手に吸いつく。きゅうきゅうとねだるようにうねる内壁が求めるままに、アディヤはゆっくりと腰を落としていった。

「ふ、あ……っ、ん、ん、んー……！」

「ウウウウ……ッ！」

狭くやわらかい中を、獣の剛直が押し広げ、擦り上げていく。

きつく目を閉じていても目の前が眩《くら》むような快感に、アディヤは必死に声を堪えてウルスの首筋にしがみついた。

「は……っ、う、く……！」

いっぱいに押し開かれた隘路《あいろ》からじわじわと甘い蜜が全身に広がっていって、頭の芯まで蕩けてしまいそうな気がする。自分の指では届かなかった奥まで広げられて苦しいのに、その苦しさを上回るほど、どうしようもなく気持ちがよくて。

「……っ、あ……っ、んっ、ん！」

とてもじっとしていられず、アディヤはウルスに縋りついたまま腰を揺らし始めた。

「あっあっあ……っ、んんんっ、あああっ」

太茎にぐいぐいと擦られる内壁が心地よくて、抑えようとしても高い声が漏れてしまう。悦《い》いところに当たるよう、淫らな円を描いてしまう腰が恥ずかしいのに、快楽を覚え込まされた前立腺をぐりっと押し潰されると、もう駄目で。

「ひ……っ、あああ……！　あ、う、く……っ」

ビリビリッと走った電流のような快感に、アディヤは悲鳴を上げて息を詰めた。堪えきれず、ぴゅっと飛び散った白蜜が、ウルスの白銀の被毛に覆われた下腹に滴《したた》り落ちる。

「っ、あ、は……っ、はぁ、は……っ」

くらくらと襲い来る目眩にぎゅっと眉を寄せて、アディヤは絶頂の余韻に震える足に懸命に力を入れて腰を浮かせた。

（……っ、続け、なきゃ……）

甘く痺れる指先でウルスの胸元にしがみつき、重い快感に支配された体をなんとか動かす。このままウルスの胸元にもたれて休んでしまいたくてたまらなかったけれど、それではウルスの精を受け入れることができない。

（ウルスが達くまで……、ううん、正気に返るまで、やめるわけにはいかない……！）

アディヤは必死に自分に言い聞かせると、意識して下腹に力を入れ、ウルスの雄を後孔で締めつけながら腰を上下させた。

「ん、んく……っ」

「ウ、ウウウ……ッ」

ぬめる内壁に、ぎゅうっと雄茎を圧迫されたウルスが、轡《くつわ》越しに呻く。ガシャンッ、ガシャッと立て続けに何度も手首の鎖を打ち鳴らすウルスに、アディヤは懸命に訴えた。

「ウルス……っ、ウルス、早く戻ってきて……！」

眉間にきつく皺を寄せ、瞳に攻撃的な色を浮かべ続けているウルスに懇願しながら、震える膝にどうにか力を入れ、体を揺らす。腰を浮らにくねらせる度、蜜を放ったばかりの花茎がウルスのなめらかな被毛に擦れ、たまらない甘痒さに襲われた。

「んんんっ、あ、あっあ……！」

大きなものに貫かれているそこも、張りつめた性器も熱くて熱くて、どうにかなってしまいそうで怖くてたまらない。生理的な涙をほろりと零しながらも、自分のそこを使って太茎を引き絞り、擦り立て続けるアディヤに、白い獣が全身の被毛を逆立て、咆吼を上げた。

「グウウウウ……ッ！」

「ひ、あ……っ、んんんん……っ！」

どくどくっと脈打った雄蕊《ゆうずい》が、隘路の奥で熱蜜を弾けさせる。びゅ、びゅっと強く内壁を打つ獣の精液に、アディヤは息を詰めてその身を震わせた。

「ん……っ、は、あ、あ……、あぁ……」

ウルスの精を飲み込んだ時よりも深く、濃い恍惚が、甘く熱くアディヤを覆い尽くす。指先まで痺れるようなその官能に、アディヤはうっとりと瞳を蕩けさせて感じ入った。

(力、が……)

身のうちに流れ込んできた力が、己の血肉と交わり、体中を駆け巡る。

それはまるで、鮮やかな強い光に、自分の隅々まで彩《いろど》られていくような感覚だった。

自分の中に満ちていく、ウルスの力。

これなら、もしかしたらウルスも自我を取り戻すかもしれない。

期待に胸を弾ませて、アディヤは息を荒らげながらそっと目の前のウルスに声をかけた。

「ウル、ス……？」

——けれど。

「グ、ウウウ……ッ！」

「……っ」

アディヤの中に精を放ちながらも、白い獣は変わ

らず鋭い眼光を保っていた。

剝き出しの敵意に一瞬泣きそうになりつつも、アディヤは懸命に気持ちを奮《ふる》い立たせた。

ウルスが理性を取り戻すまで、何度だって交わる。

絶対にこの人を諦めたりしない――……。

「……ん、もう一回……、しましょう、ウルス？　今度は……」

微笑みかけつつ、もう一度手を後ろに回してウルスの雄茎の根元をそっと撫でる。

先ほどの交合ではおさまりきっていなかったその部分は、いつもアディヤの中に入ると瘤《こぶ》のように膨れ上がり、注ぎ込んだ精が溢れるのを防ぐ、栓のような役目を果たしていた。

「……今度は、ここまで全部、挿れますね？」

その獣の形に膨れ上がると、ウルスがすべての精を注ぎ終えるまで繋がりを解くことができず、奥の奥まで精液を注ぎ込まれて、アディヤは苦しさを覚えることもある。だからウルスは、時と場合によっては雄刀のすべてを納めず、手加減してアディヤを抱くこともあった。

けれど今は、どんなに苦しくともウルスのすべてを受け入れなければならない。

グルル、と喉奥で威嚇するような声を響かせ続けているウルスにしがみつき、アディヤが体重をかけて更に腰を落とそうとした、――その時だった。

「グォオオオ！」

「……っ、ひ……！」

ガランッという金属音が響くと同時に、一際大きな咆吼を上げたウルスが突然、ズンッと腰を突き上げてくる。ぐじゅんっと最奥《さいおう》まで一気に貫かれたアディヤは、絶頂にぴゅっと白蜜を放ち、悲鳴を上げて強靭なその肩にすがった。

「ひぅうっ、あああっ、や、め……っ、やあああ！」

「グウウ……！」

けれどいくら乞うても、理性を失った獣は低い唸り声を上げながらの突き上げをやめようとしない。先ほどまでこんなに体の自由はきかなかったはずなのにと、揺さぶられながらもどうにか背後を振り返ったアディヤは、飛び込んできた光景に大きく目を瞠った。

「な……っ」

そこには、ひしゃげた太い杭が転がっていたのだ。床に打ちつけてあったはずのそれを、どうやらウルスはその膂力《りょりょく》で強引にねじ曲げ、引き抜いてしまったらしい。先ほどの金属音は、鉄製のそれが抜けて転がる音だったのだ。

「なん……っ、ひあっ、あああ……っ！」

驚くアディヤだが、ウルスはそれには構わずアディヤの下で腰を跳ね上げて暴れ出す。杭が外れても足首はまだ鎖で床に繋がっており、それを取ろうと躍起《やっき》になっている様子だった。

「やめ……っ、ひぐ、うああっ！」

「グウ……ッ、ウウウ……！」

ガシャッ、ガシャンッと、太い鎖が今までよりも派手な音を立てる度、アディヤの後孔を猛る雄茎が激しく突き上げてくる。一度放たれた精でぬめる隘《あい》路《ろ》を容赦なく責め立てられて、アディヤはあっという間に膝を崩し、ウルスにしがみつくばかりになってしまった。

「あ、う……っ、ひっ、あっあっあ……！」

媚薬で燃えるように疼く内壁を逞しい獣の雄で抉《えぐ》られ、擦り立てられ、快楽で頭の中が真っ白になったアディヤの花茎から、また白蜜が散る。

「あ……、あ……、ウルス……！　ウルス……！」

何度もその名を呼び、白銀の被毛をぎゅっと握りしめて、アディヤは身の内で渦巻く快感を必死に堪えようとした。

絶頂の証をぴゅくぴゅくと溢れさせている間も律

動をやめないウルスの雄茎に、これ以上ないほど奥まで開かれ、強引に快楽を叩きつけられて、続けざまに襲い来る波に目も眩《くら》みそうで――、……けれど。

「な、ん……っ、なん、で……っ」

最奥を穿《うが》つ雄に翻弄《ほんろう》されながら、アディヤは混乱に瞳を揺らした。

(ウルス、の……、どうして……)

いつもアディヤの奥まで入ってきた時には瘤のように膨れ上がるはずの根元が、なんの変化も見せないのだ。

ぐじゅ、ぐぷっと、抽挿《ちゅうそう》で泡立った精液が内壁を伝い落ち、交わった部分から溢れ出るのを感じて、アディヤはその搔痒《そうよう》感に息を詰めた。

「……っ、これ、じゃ……っ、ひ、あ、あ!」

これでは、ウルスの力を全部受け入れることができない。そう思ってどうにか下腹に力を入れ、少しでも零さないようにと内壁で雄刀に吸いつくのに、張り出した段差の部分で白濁が搔き出されていってしまう。

それでもどうにか精を留めようと、懸命にウルスを締めつけるアディヤだが、そうすればするほど、狭いそこはまざまざと雄の熱さを、太さを、大きさを、逞しさを感じてしまって。

「ひう……っ、うあぁっ、だ、め……っ、駄目……!」

目の前の豊かな被毛に、ぎゅうっと両手でしがみついて、アディヤは何度も頭を振った。

乱暴な突き上げに何度も頂点へと連れていかれたアディヤの花茎は、くったりと力を失い、白蜜にしとどに濡れている。

自分の体が自分のものではなくなってしまったような感覚さえするのに、そこから溶かされてしまいそうなほど熱い、熱い熱茎に容赦なくまた頂《いただき》へと攫《さら》われて。

（……っ、駄目だ……！　このままじゃ……！）

薄れそうになる意識を必死に保とうとするアディヤをよそに、ウルスはその長大な雄をますます猛らせ、叩きつけてくる。

「オォオオ……ッ！」

「ひ……っ、あ！　ひっ！　ぅぅうう……っ！」

咆吼と共に最奥を抉った太茎に、アディヤはぼろぼろと大粒の涙を零した。

きつく唇を噛んで身を強ばらせるアディヤの中で、ウルスの屹立がドクッと脈打ち、また熱い精を吐き出す。

「ウゥウウウ……！」

「あ……っ、ひっ、ぅぅう……っ！」

どぷっどぷっと奥に打ちつけられる白濁の多さに打ち震えながら、アディヤは潤んだ瞳でウルスを見つめ、荒い息の下からどうにか呼びかけた。

「も、う……っ、もう、戻ってきて、ウルス……！　お願い……！」

もうこれ以上、耐えられない。

こんな、心の繋がらない交わりなんて、もう続けたくない。

ウルスにちゃんと、抱きしめられたい。

彼に、くちづけたい――。

「……っ、戻ってきて、ウルス……！」

「グゥウ……ッ！」

アディヤの呼びかけに、轡越しに唸ったウルスが、ビンッと強く手首の鎖を引く。

――その、次の瞬間。

「あ……！」

メリ、とウルスの手を壁に固定していた杭が、嫌な音を立て始める。

ミシミシ……ッと壁に走った亀裂に、アディヤは思わず身をすくませ、息を呑んで大きく目を見開いた。

「……っ！」

「グォオオオッ！」

咆吼と共にバキバキッと壁が割れ、ウルスを繋ぐ鎖が元からガシャンッと床に落ちる。

自由になったその手を高く振りかざし、ウルスはアディヤの細い首筋に狙いを定めた。

「ウルス……！」

黒く鋭い爪が振り下ろされる寸前、アディヤの濃紺の瞳に、キラリと小さな光がかすめる。

流れ星のように一瞬だけ煌《きら》めいたその光は、しかしアディヤの瞳に映った瞬間、その黄金の輝きを一際強く瞬かせて——……。

「…………ア、ディヤ……？」

シン、と静まり返った地下牢に、茫然とした呟きが響く。

夜の静寂のように深みのある、低く艶やかなその声は——。


「ウル、ス……？」

目の前でピタリと動きをとめたウルスに、アディヤはこくりと喉を鳴らした。

唇をわななかせ、おそるおそる問いかける。

「わ……、分かりますか、ウルス……？　僕が……、僕が分かりますか、ウルス……!?」

「…………」

白銀の長い睫《まつげ》が、ゆっくりと数回上下する。

その奥で揺らめく黄金の瞳からは、荒れ狂う獣性がかき消え、彼本来のやわらかな輝きが戻ってきていた。

「……っ、私、は……」

くぐもった声で呻いたウルスが、苦しそうに表情を歪め、目眩を堪えるように頭を振る。

アディヤは慌てて、ウルスの口から轡《くつわ》を取ろうと手を伸ばした。

「ま……、待って下さい、今……！　……っ」

繋がったままで自由がきかないながらも、どうにかウルスの頭の後ろまで手をやり、がっしりと嵌まっていた留め金を外す。

ガシャンッと重い音を立てて転がった轡《くつわ》に、ウルスは不快そうに顔を歪めて唸った。

「なんだったのだ、一体……。……ここは？」

どうやらなにがあったのか覚えておらず、混乱しているようだが、理性は戻ったらしい。その表情には疲労が色濃く滲んでいたが、意識もしっかりしている様子だし、力の暴走が起きる心配はもうないだろう。

アディヤはほっとして、その胸に寄りかかった。

「よかった……。本当に、……よかった」

安心すると同時に、ドッと疲労が押し寄せてくる。

ウルスの豊かな被毛に顔を埋め、大きく息をついたアディヤを見下ろしたウルスが、怪訝《けげん》そうな顔をする。

「アディヤ……？　何故、裸で……。っ、な……!?」

問いかけて、交わっていることに気づいたのだろう。目を見開いたウルスが息を呑む。

「……！　……!?」

言葉も出ないほど驚き、ぶわっと被毛を膨らませたウルスに、アディヤは小さく笑って身を起こした。

「後でちゃんと、説明します。でも、その前に……」

言いつつ、白い牙が覗くその口元に唇を寄せる。

被毛に覆われた狼の口にくちづけて、アディヤは微笑みかけた。

「……お帰りなさい、ウルス」

「アディヤ……」

戸惑いつつも、ウルスがまだ鎖がついたままの手でアディヤをしっかりと抱きしめる。

優しく力強いその腕の中で、アディヤはようやく安堵に目を閉じたのだった——……。

——数日後。

　トゥルクード王宮には、雲一つない快晴の空が広がっていた。

　ぽっかりと空いた天井からその空を見上げて、ルトを両腕に抱いたアディヤは呟く。

「これは……、……一から建て直し、ですね」

「……ああ」

　ルトごとアディヤを片腕に抱き上げたウルスもまた、頷く。

　この日、アディヤはウルスと共に崩落した謁見の間を訪れていた。

　すでに瓦礫の運び出しが始まっているとはいえ、折れた太い支柱はまだ何本も転がっており、それを撤去するだけでも相当な労力がいるだろうことは明白だ。

撤去を進める作業員たちの様子を見つめて、ウルスが言う。

「修復が終わるまで、これから幾月もかかることだろう。……民との謁見は、隣の神殿で行うほかあるまい」

トゥルクード王宮の敷地内には、政務を行う表宮、王が生活する奥宮、奥庭と呼ばれる王族だけが立ち入ることのできる森の他に、祭祀《さいし》に使われる神殿等の建物がいくつか建っている。表宮の一角にあるこの謁見の間は城下街の最も近くに位置しており、幸いなことにその奥にある執務室のある棟や、隣接している神殿は倒壊を免《まぬか》れた。

広間のあちこちに視線を走らせるウルスを見上げて、アディヤはほっと胸を撫で下ろす。

(よかった……。ウルス、もうすっかり元通りだ)

——あの日、地下牢で事の次第をウルスに話している途中で、アディヤは疲労のあまり意識を手放してしまった。ウルスはその後、嵐がおさまったことで力の暴走がとまったことを確信したラシードによって、無事に拘束を解かれたらしい。

アディヤが目覚めたのは翌朝で、改めて怪我の手当てを受けたウルスの腕の中にいた。あんなことがあったウルスだが、アディヤのことが心配で一睡もできず、一晩中じっと見つめていたらしい。

『つらい目に遭《あ》わせてすまなかった、アディヤ。私とこの国を救ってくれたこと、感謝する』

アディヤの無事を確かめ、詫びと礼を伝えたウルスは、束の間休息を取った後、心配する周囲をよそに、その日からすぐに騒動の収拾をはかるための指揮を執《と》り始めた。

ダラスの行方を追うのをいったんやめさせ、その分、嵐の影響を受けた城下の建物の復旧と国民の生活の再建に人員を割《さ》き、自ら怪我人を見舞い、一人一人に詫びを伝え――。

ウルスの迅速《じんそく》な対応によって街はほぼ元通りになり、ウルス自身もまた、以前と変わらぬ堂々とした姿を取り戻している。

広間に差し込む陽光を弾く、艶やかな白銀の被毛。満月のような瞳には強い光が宿っているが、あの獣のような狂気はもう見る影もない。

アディヤを抱く腕は逞しく力強いが、優しさに満ちていて――。

――と、その時、アディヤの視線に気づいたウルスが、フッとこちらに顔を向ける。

金色の瞳をやわらかく細めて、ウルスが低く深い声で囁いてきた。

「……心配をかけてすまなかった、アディヤ」

「……いえ」

すっかりいつも通りのウルスに頭を振って、アディヤは微笑みを浮かべた。

「嵐の被害も、最小限で済んでよかったです」

ラシードの適切な手配もあって、あの夜の大嵐も人的な被害はほぼなく、建物の浸水被害だけで済んだ。それにも、すでに見舞金を出す手続きを取っている。

「怪我をした衛兵さんにも、お見舞い金を出すんですよね？」

聞いたアディヤに、ウルスが頷く。

「ああ、もちろんだ。皆、私をとめようとして負傷したのだからな。兵たちの手当ては、アディヤが神通力で行ったそうだな？　おかげで、詫びに行った先々で逆に礼を言われてしまった」

苦笑したウルスが、じっとアディヤを見つめて続ける。

「私が今ここにこうして立っていられるのも、兵たちが皆無事だったのも、お前のおかげだ。改めて礼を言う。本当にありがとう、アディヤ」

黒い鼻先をこめかみに擦りつけてくる狼に、アディヤは慌てて首を横に振った。

「そんな、お礼なんて。結局僕の力では、応急処置程度のことしかできませんでした。僕はもっと、神通力の練習をしないと」

俯いたアディヤに、ルトが三角の耳を震わせて小首を傾げた。

「じん……、……なに？」

「あ……」

無邪気に聞いてくるルトは、先日同様、力が暴走した時の記憶が曖昧《あいまい》で、神通力がなんなのか、この事態を引き起こした原因が誰なのか、まだよく分かっていないらしい。

幼いルトにどう伝えればいいのか、この惨状が自分のせいだと知ったらショックを受けてしまうのではと躊躇ったアディヤだが、ウルスは目を細めると、ルトにゆっくりと言い聞かせた。

「神通力、だ。この前、お前に備わっていると教えた力のことだ。……これからお前も、その力の練習をせねばな」

「れんしゅ……、ディディといっしょ？」

振り返って聞いてくるルトに、アディヤは頷いた。

「……うん。一緒に練習しようね」

「うん！」

アディヤと一緒と聞いてご機嫌になったルトを見つめながら、ウルスが言う。

「今はすべてを理解できずとも、少しずつ自覚を持たせていかなければならぬ……。ルトがその力に見合った器を備えることができるかどうかは、私たち次第だ」

「……はい」

器は、その者と共に成長する。

ルトが今回のような事態を二度と引き起こさないようにするためには、自分たちがルトを導き、見守っていかなければならない。

（……僕自身も、なにができるかもっと考えていかないと）

アディヤがそう心に刻んだその時、ラシードが一人の男を伴《ともな》って歩み寄ってくる。

「陛下、この者が今回の王宮の修復作業の責任者です。お見知りおきを」

「お目にかかれて光栄です、陛下。精一杯務めさせていただきます」

膝をついて頭を垂れる男に、ウルスは頷いて言った。

「……苦労をかけるが、一つ頼む」

自分の意思ではなかったとはいえ、騒動の原因となったという負い目があるのだろう。神妙に告げたウルスに、男が顔を上げて笑う。

「そんな、苦労なんてとんでもありません。むしろ、後世に名の残る仕事ができて光栄です。……なあ、みんな！」

男の呼びかけに、手をとめた作業員たちがおう、と口々に応える。彼ら一人一人を見渡して、ウルスは改めて言った。

「不足があれば、なんなりと申し出よ。くれぐれも、怪我人の出ないようにな」

「はい、もちろんです。ありがとうございます」

では、と下がった男が、サッと腕まくりをして作業に加わる。じっとそれを見ていたルトが、アディヤの腕の中でキッと表情を引きしめ、自分も腕まくりをした。

「ルトもやる！」

「……うん、じゃあルトは、あっちでユエたちと一緒に炊き出しのお手伝いしておいで」

修復現場の一角では、孤児院の子供たちが先生たちと共に、作業員のために炊き出しの準備を始めていた。あれなら邪魔にはならないだろうし、目も届くだろうと、アディヤはウルスの腕から降りて、ルトを送り出す。

「ノール、ルトをお願いします。僕も後から手伝いに行きますと伝えておいて下さい」

控えていたノールがハ、と一礼し、瓦礫の上を走っていくルトを追いかける。アディヤと共にそれを見送って、ウルスが言った。

「王宮前の広場も、一部の石畳が割れた程度で済んだようだ。四年前に敷き直したばかりだったのが幸いしたな」

ウルスの力が暴走したあの時、王宮前の広場にもまた、激震が走ったらしい。しかし、石畳が新しかったこともあってほとんど被害はなく、その場に居合わせた者が転んでかすり傷を負った程度で済んだ。

「……その四年前の石畳の敷き直しも、陛下が原因だったことをお忘れなく」

当時広場の修復作業の指示に奔走《ほんそう》していたラシー

ドがぼやく。

「ルト様のお力が強いのは確かに喜ばしいことですが、これほどの被害とは……。四年前に敷き直しをしていなかったらどれだけ修繕費が嵩《かさ》んだか、考えただけでも恐ろしいです」

「先見の明《めい》というやつだな」

しれっと開き直るウルスに、ラシードが眉根を寄せて呻く。

「……ご自分の暴走を正当化しないで下さい」

苦労性の黒狼の腹心に、アディヤは謝った。

「いつもすみません、ラシードさん。でも、修繕費はともかく、一般の方に深刻な被害がなくて本当によかったです」

「それは、確かにそうですが」

アディヤの言葉に頷きつつ、ラシードが大きなため息混じりに問いかけてくる。

「そう仰るアディヤ様こそ、今回は周囲の者に一番心配をかけたことをお分かりですか？」

「……えっ」

「あの時の私は、まさに猛獣の檻《おり》に子兎《こうさぎ》を放り込むような心地でした……」

遠い目をしたラシードが言う『あの時』とはもちろん、数日前にアディヤがウルスの力の暴走をとめるため、一人地下牢に向かった時のことを指しているのだろう。

「で……、でも、あの時はそれしか方法がないと思って……！」

思いも寄らない飛び火に慌てたアディヤに、ラシードが唸る。

「常々思っていましたが、アディヤ様は陛下以上に頑固でいらっしゃる。私とナヴィド先生がどれだけ説得してもまるで耳を貸さず、一人で行くと強硬に仰せで……。後から知った母とノールに、私は正座させられて叱られました。もちろん、ナヴィド先生もです」

「……すみませんでした」

侍女長とノールが知ったら大反対するだろうと分かっていたため、アディヤはあの時、ウルスのもとに向かうことをラシードとナヴィド医師にしか告げなかった。そのため二人は侍女長たちに、何故力ずくでもとめなかったのかと散々絞られたらしい。

自分のせいで気の毒なことをしてしまった、としょげたアディヤを見て、ウルスがラシードに言う。

「そう責めるな。アディヤは私を助けようと必死だったのだ。私がこうして無事でいられるのも、アディヤのおかげだ」

「そんな……、ウルス、それは」

今回のことは、決して自分だけで解決したのではない。そう言おうとしたアディヤだったが、ウルスはフッと目を細めて頷くと、付け加える。

「……もちろん、お前や近衛の者にも苦労をかけた。……すまなかったな、ラシード」

「陛下……」

ウルスの言葉に、ラシードが驚いたように目を瞠る。

「なんと……。アディヤ様の素直さが、ようやく陛下にも伝染しましたか」

「……お前のふてぶてしさは、多少頭を打ったところで変わらないようだがな」

「お褒めいただき恐縮です。なにせ、奔放な主君に日々鍛《きた》えられておりますので」

「そういう物言いがふてぶてしいと言っておるのだ！」

お互いにああ言えばこう言う乳兄弟に、ウルスがむくれる。

相変わらずな二人のやりとりに、アディヤはウルスの傍らでくすくすと笑みを零した。

（……よかった。ラシードさんも、すっかりいつも

通りだ）

　二人にも軽口が戻ってきたようだし、広間の修復作業も始まった。怪我をした兵士たちも日々快方に向かいつつあり、街も以前の賑やかさを取り戻しつつある。

（あとは……）

　ちら、とウルスを見上げて、アディヤはずっと心に引っかかっている人物を思い浮かべた。

　被毛の色こそ違うけれど、ウルスとよく似た眼差しのその人は今も、この国のどこかにいるはずだ。

（ダラスさんはまだ、王位を諦めてない。必ずまた、ウルスの命を狙って襲ってくる）

　アディヤが手当てをしたマーナガルムの者たちは今、牢に入れられている。

　襲撃が失敗した際の逃走経路、落ち合う場所について尋問が行われているが、彼らは決して口を割ろうとしないらしい。

　アディヤも、ダラスの行方について知っていることを教えてくれないかと何度となく頼みに行ったが、彼らの答えはいつも同じだった。

『あなたには恩を感じています。ですが、我らはどうあっても彼をこの国の王にしなければならないのです』

　それはどうしてかと問いかけても、彼らはそれきり黙り込んで、なにも答えなかった。

（ウルスにも一応、話をしたことは言ったけど……）

　昨夜、アディヤの話を聞いたウルスもまた、そうかと頷いたきりだった。

　ウルスのことだからなにか考えがあるのだろうが、なにか対策を立てるのならば早く取りかかった方がいいのではないだろうか。

『王位は必ず奪う……！』

　ダラスの去り際のあの一言が、ずっと耳に残っている。

きっとダラスは、近いうちになにか仕掛けてくるはずだ――……。

そう思ったアディヤがきゅっと唇を引き結んだ、その時だった。

「ラシード様、スレン大神官がおいでです。陛下に目通りを、と」

近衛兵が駆け寄ってきて報告する。ラシードが怪訝な顔で聞いた。

「スレン大神官が？　わざわざカマルから、陛下の見舞いに来て下さったのか？」

「……いや、そうとは限らぬ。ここに通せ」

ウルスの命を受けた近衛兵が一礼して下がり、スレン大神官を伴って戻ってくる。大神官の傍らには、見覚えのある小柄な老女の姿があった。

「ターニャさんもいらしてたんですか？　遠いところをわざわざ、ありがとうございます」

驚いたアディヤに、ターニャが深くお辞儀をして言う。

「ああ、どうかそのようなお礼は不要に願います、アディヤ様。今日は……、今日は、私の罪を懺悔《ざんげ》しに参ったのです」

「罪？　懺悔って……」

戸惑ったアディヤだったが、傍らのウルスは微動《びどう》だにせず、じっとターニャを見つめている。

すべてを見透かすような、人ならざる王の澄んだ金色の瞳に、老巫女はおののいたようにその場にひれ伏して叫んだ。

「申し訳ございません……！」

「っ、ターニャさん!?」

慌てて駆け寄り、ターニャを助け起こそうとしたアディヤだったが、ターニャは平伏したまま震える声で繰り返す。

「申し訳ございません……、どうか……、どうか、お許しを……！」

「許すってなにを……」

一体どうしてしまったのか、とにかくやめさせなければと思ったアディヤだったが、そこでウルスがターニャに静かに問う。

「……それは、私の兄のことか」

「え……」

目を瞠ったアディヤの傍らで、ターニャが弾かれたように顔を上げる。

「っ、まさか、すべてご存知で……!?」

わなわなと震える老女の前に立ったウルスが、頭を振って言った。

「いや……。だが、カマルからわざわざここまで来たのは、手紙では済ませられぬ、もしくは手紙に記せぬことがあるからであろう？　とすれば、先日私とアディヤに語った内容に、なにか偽りがあったのではないかと思うてな」

どうやらウルスの考えは的を射ていたらしい。ああ、と声を上げたターニャが、ウルスに手をついて謝った。

「やはりこのようなこと、最初から秘すべきではございませんでした……。本当に、なんとお詫びすればよいか……」

「……ターニャさん」

深く恥じ入り、後悔している様子のターニャに、アディヤはなんと声をかけていいか分からなくなってしまう。

すると、見守っていたスレン大神官が彼女の横に膝をつき、その肩を抱いて支えながら促した。

「ターニャさん、さあ。……陛下にすべて、お話ししましょう」

「スレン様……。……はい」

身を起こしたターニャが、袖でそっと目元を拭う。

割れた床に膝をついたまま、ターニャはゆっくりと語り出した。

「ウルス陛下とイルウェス様がお生まれになった、あの夜のことです。私は当時の大神官様と共に、イルウェス様のご遺体をカマルの大神殿にお連れしました。ですが、その馬車の中でイルウェス様は……、……息を、吹き返したのです」

「……っ」

(息を、って……)

驚きに目を瞠って、アディヤはウルスを振り仰いだ。しかし、ウルスも瞳を大きく見開いたまま、顔を強ばらせている。

アディヤは動揺しつつも、ターニャに聞いた。

「あの……、それはつまり、イルウェスさんは……、……生きてたってこと、ですか?」

おそるおそる聞いたアディヤに、ターニャがぐっと唇を引き結ぶ。

しかしややあって、彼女は力なくうなだれ、頷いた。

「……はい。申し訳ございません。私はお二人に嘘を申したのです……」

か細い声で、申し訳ありませんと、何度も謝罪の言葉を述べる。

肩を震わせて俯く彼女を、アディヤはなんとかなだめようとした。

「顔を上げて下さい、ターニャさん。そもそもどうして、そんな嘘を……」

「……っ、それは……」

息を詰まらせたターニャが、言い淀む。もう一度ターニャを促そうとしたアディヤだったが、それより早く、ウルスが口を開いた。

「……当時の大神官の指図か」

「え……」

驚いたアディヤだったが、ターニャは一層深くうなだれると、小さく頷いた。

「……はい。その通りでございます。先代の大神官様は、息を吹き返したとはいえ一時的なもの、国王にはすでにふさわしい跡継ぎがお生まれになってお り、万が一この子が生き延びたら後々の禍根《かこん》になる。王には知らせずそのまま火葬にせよ、それがこの国のためである、と……」

「な……！」

信じられないような一言に、アディヤは啞然としてしまった。

「そのままって……、生きてるのにですか!? まさか、そんな……」

「……ああ。だが、あの男ならば言い出しかねないだろう」

ぐっと拳を握って呟いたウルスに、ラシードも頷いて言う。

「先の大神官は、非常に独善的で偏《かたよ》った考えの持ち主でした。国のためという一言で、黒いものも白くしてしまう。……病に冒《おか》され、どうにか息を吹き返したとはいえ、イルウェス様は長子。その上、隻眼《せきがん》でも金色の瞳をお持ちとなれば、後々跡継ぎの座を巡って争いが起きると考えたのでしょう」

「それは……、でも、実際に争いが起きるかどうかなんて分からないのに……！」

どんな理由であれ、息を吹き返した赤ん坊をそのまま火葬にしろと命じるなんて、まともな人間のすることじゃない。

唇を嚙んだアディヤに、ターニャが弱々しい声で打ち明ける。

「私も、いくら大神官様の命《めい》とはいえ、それは聞けないと何度も申し上げました。ですが大神官様は、それなら自分がイルウェス様を荼毘《だび》に付すと言い始め……。私は、このままでは本当にイルウェス様が殺されてしまうと思い、お仕度をすると言って時を稼いで、知人にイルウェス様を託しました。そして狼の毛皮を使い、別の赤ん坊の遺体をイルウェス様に見せかけて、そのまま火葬に……。ですから、王宮にイルウェス様の遺骨として納めたものは、本当は別人のものなのです」

「……今までそれを王室に報告しなかったのは、先の大神官の目があったからか」

イルウェスが本当は生きていたことを知っているターニャは、当然大神官の監視を受けていただろう。そう指摘したラシードに、ターニャは頷いた。

「左様《さよう》です。大神官様が亡くなられた頃には、もうアディヤ様のご懐妊で国中が喜びに沸き立っていました。今更イルウェス様のことをお話ししても、それこそ争いのもとと思い……」

「……そうでしたか」

こく、と緊張に喉を鳴らして、アディヤは青ざめた顔の老巫女に相槌《あいづち》を打った。

（……イルウェスさんは、ターニャさんに命を助けられていた。でも、それならやっぱり、ダラスさんは……）

じっとターニャの話を聞いていたウルスも、アディヤと同じことを思ったのだろう。静かにターニャに問いかける。

「……兄を預かったというその知人は、何者なのだ？」

「カマル山で遭難していたところを、私が助けた夫婦です。彼らは遭難していた時に赤ん坊を獣に襲われ、葬儀をする直前でした。イルウェス様のご遺体と偽ったのは、その赤ん坊のものです。彼らは遠い異国から来た商人らしく、このあたりの言葉はあまりよく話せませんでしたが、ジャラガラに向かう途中だと言っていました。私は身振り手振りも交えてなんとか事情を伝え、彼らにイルウェス様を託したのです」

ダラスが育ての両親から聞いた話が事実と食い違ってしまっていたのは、そのせいだったのだろう。

つまり――。

「……やはり、ダラスこそがイルウェスだった、ということか……」

唸ったウルスに、ターニャが震える声で告げる。

「……っ、その名は、私がイルウェス様を預けた夫婦が付けたものです。事情を知った彼らは、赤ん坊に別の名を付けると言い、ダラスと……。同じ名の男がマーナガルムのリーダーだという噂を聞く度、もしやと思っていました」

生きていてほしいと願うと同時に、いつか秘密が明らかになるのを恐れていたのだろう。

ターニャの肩を抱いたスレンが、そっと言い添える。

「ターニャさんは今回の騒動にマーナガルムが関わっていると聞き、もはや隠してはおけないと思ったそうです。私も話を聞いて、すぐにお知らせしなければと思い、こちらへ」

「……そうか。すまぬな、スレン」

礼を言ったウルスに、スレンがいいえ、と頭を振る。

黄金の瞳を伏せたウルスに、アディヤはそっと声をかけた。

「……ウルスのお父さんも、イルウェスさんが生きていたことを知らなかったんですね。ダラスさんはウルスの異母兄弟じゃなくて、双子のお兄さんだった……」

ウルスにとってなにより気がかりだったのは、やはりその二つだったのだろう。アディヤの言葉に、ウルスも頷く。

「ああ。ようやく胸のつかえが取れた心地だ」

「……僕もです」

我が子の死をずっと悼《いた》んでいたウルスの両親が、存命中にイルウェスが生きていたと知ることができなかったのは残念だが、すべてが明らかになってよかった。

微笑みかけたアディヤに、ウルスも表情をやわらげる。

と、その時、すべてを打ち明けたターニャが、改めてウルスに平伏して言った。

「このように重大な事実を、今まで王室にお伝えせず、申し訳ございません……！　どのような処罰も受けます。どうぞ私をお裁き下さい……！」

額を床に擦りつけて言う老巫女を、その黄金の瞳でじっと見つめて、ウルスが言う。

「……いくら命を助けるためとはいえ、継承権のある赤子を他国へやったお前の罪は重い。その事実を王室に伝えなかったこともまた、重罪だ」

「っ、そんな……、ウルス！」

アディヤは慌てて立ち上がると、ウルスに取りすがった。

「ターニャさんは、ダラスさんの命の恩人なんですよ……！　それに、打ち明けられなかったのは、先代の大神官に監視されていたからで……」

事情も汲まず、彼女を罪に問うなんてウルスらしくない。

そう思ったアディヤを、ラシードが諫《いさ》める。

「しかしアディヤ様、陛下が彼女を裁かなければ、民に示しがつきません」

「でも……！」

「……アディヤ」

食い下がろうとするアディヤを遮って、ウルスは低い声で言った。

「これも国王の務めだ。……ターニャ、お前には終身刑を申し渡す」

「ウルス！　やめて下さい、こんなの間違って……」

「アディヤ様」

どうにかしてウルスを取りなそうとしたアディヤに、ターニャが声をかけてくる。アディヤが振り返ると、ターニャは力なく微笑んだ。

「私のような者を庇って下さってありがとうございます。本当に、アディヤ様はお母上に似てお優しいこと。……ですが、厳罰は覚悟の上です」

「ターニャさん……」

「処罰は謹《つつし》んでお受けいたします。残り少ない余生、牢の中からこの国の発展を祈っております」

そう言って姿勢を正したターニャが、床に手をついて深々と頭を下げる。

本当にこれでいいのか、ウルスは本当に彼女を罰するのかと、アディヤが唇を噛んだ、その時だった。

「……早とちりせず、裁きは最後まで聞け」

苦笑したウルスが、ターニャの前に片膝をつく。

驚いて顔を上げた老巫女に、白狼の王はやわらかな声で言い渡した。

「ターニャ、お前の罪は重い。しかし、我が兄の命を救ったこと、自らその罪を申し出たことを鑑《かんが》み、執行猶予《しっこうゆうよ》を付けるものとする。……猶予は百年。その時まで、これまで通り大神殿で巫女の勤めに励むことを許す」

「……っ、それは……」

驚いたターニャが目を丸くするのを見て、アディヤはほっと胸を撫で下ろした。

「……人が悪いです、ウルス。最初からちゃんと、そう言って下さい」

百年の猶予ということは、実質ターニャの刑はないに等しい。老齢の彼女が、冷たい牢に入れられることはないだろう。

咎めるアディヤに、ウルスが苦笑する。

「罪状の前に猶予を申し渡すわけにもいくまい。よいな、ターニャ」

ウルスにそう念押しされたターニャは、しばらくその言葉が信じられないかのように茫然自失していた。やがて、その両目からぼろぼろと涙が溢れ出す。

「あ……、ありがとうございます、陛下……！　ありがとうございます……」

「ターニャさん。……よかったですね」

アディヤは膝をついて、ターニャの肩を抱き起こした。

はい、と頷くターニャに微笑みかけるアディヤを穏やかに見つめるウルスに、ラシードが難しい顔つきで問いかけてくる。

「……ですが陛下、たとえダラス殿がイルウェス様と分かったところで、我々の答えは同じです。この国の王はウルス陛下、あなた様をおいて他に考えられません」

「ああ。私も、生涯この国の王として責任を全《まっと》うする覚悟だ」

頷いたウルスが立ち上がり、空いた天井から見える空を仰いで表情を険しくする。

「その一点だけは、どうあっても譲れぬ。兄が納得できぬと言うなら、やはり戦うほかあるまい」

「っ、待って下さい！　もう一度、ダラスさんと話し合うことはできませんか……!?」

アディヤは思わず立ち上がり、そう訴えていた。

アディヤ、と苦い顔つきになったウルスが、首を横に振って言う。

「こればかりは、どうにもならぬ。事はこの国の行く末に関わるのだ。長子という理由だけで、王位を譲るわけにはいかない……」

「……っ、恐れながら陛下、それにはもしかしたら違う理由があるのかもしれません……！」

ウルスを遮ったのは、スレン大神官だった。思わぬ一言に、ウルスが訝《いぶか》しげに問う。

「違う理由？　なにか心当たりがあるのか、スレン」

「はい。先日、陛下とアディヤ様が大神殿にお越しになってから、私はジャラガラから難民や商人がやって来る度、マーナガルムについて詳しく聞いておりました。首領のダラスとはどんな人物なのか、彼が率いるマーナガルムは今、ジャラガラでどういった立ち位置なのか……」

床に片膝をついたスレンが、まっすぐウルスを見上げて続ける。

「……陛下。ジャラガラは今、苦境に立たされています。市民は見境なく殺戮《さつりく》を繰り返す反政府軍に苦しめられており、弱体化した政府軍にはそれに対抗するだけの力がありません。そんな中、弱者を助けるマーナガルムたちは、民から圧倒的な人気がある。けれど、反政府軍は他国の支援を受け、日に日にその勢力を拡大していっています。後ろ盾のないマーナガルムは、このままではいずれ反政府軍に潰されてしまうでしょう」

「……だからダラス殿は、ジャラガラを見限ってこの国に亡命してきた、ということですか？」

腕を組んだラシードが、スレンにそう問いかける。しかしスレンは、それに頭を振った。

「いいえ、それは違うと思われます。話によれば、ダラスは何者にも屈しない、強い意思を持った男だそうです。彼は誰よりも国の行く末を案じている、彼がジャラガラを見捨てることはありえないと、誰もが口を揃えて申しておりました。……もしダラスがこの国の王位を求めているのだとすれば、それはジャラガラを救うためなのではないでしょうか」

「……っ」

スレンの一言に、アディヤは息を呑んだ。

『俺にはどうしても、この国の王位が必要なんだ。……どうしても』

市場で会った時、ダラスはそう言っていた。

あの時は、どうしてそこまでダラスがトゥルクードの王位に固執するのか分からなかったが、もしスレンの言う通りなのだとしたら、それは――。

「……ダラスが求めているのは、王位そのものではなかった」

低い声で、ウルスが呟く。

「あやつは、王位に付随する我が国の軍事力を求めていたのだ。軍を率いて、反政府軍を一掃《いっそう》するために……！」

「……そう、だったんだ……」

ウルスの言葉で、すべて納得がいって、アディヤは呟いた。

ジャラガラの民を救う活動をしていたダラスが、何故トゥルクードの王位を欲するのか。

それは、ジャラガラの市民を苦しめる反政府軍と戦う力を手に入れるためだったのだ。

ダラスは最初からジャラガラを救うために、トゥルクードの王位を求めていたのだ――……。

ウルスの傍らで目を見開いていたラシードが、表情を改めて言う。

「……確かに、我が国は平和とはいえ、これまで高い軍事力を維持し続けてきました。加えて、近衛の者には傍系の王族も多く、その獣人たちだけでも相当な戦力となります。自らが獣人のダラス殿は、人間とはかけ離れた獣人の戦闘能力を正しく理解しているはず。我が軍ならば、ジャラガラの反政府軍にも勝てると踏んだのでしょう」

「で……、でも、それなら最初からそう言えば……」

なにも王位を簒奪しようとしなくても、生き別れの兄と明かし、協力を請《こ》えばよかったのではと思ったアディヤだったが、他ならぬウルスがそれを否定する。

「いや、もしあの男がそうしていたとしても、私は決して軍を動かさなかっただろう。ダラスが兄だという証拠もなければ、隣国を救う義理もない。わざわざ我が民を危険に晒す必要はないと判断したはずだ」

あるいはダラスは、最初は協力を要請するつもりでこの国へ足を踏み入れたのかもしれない。しかし、トゥルクードの平和を目の当たりにし、揺るぎない王であるウルスと対峙して、この国の軍を動かすには、自分が王にならなければ不可能だと思った——。

「ダラスとて、自分がイルウェスであるということを証明するのは難しいと分かっていたはず。私が軍を動かさないと思ったからこそ、本当の目的を明かさず、王位を奪おうとしたのだろう」

結論づけたウルスに、アディヤはこくりと喉を鳴らして問いかけた。

「それで……、……どうするんですか、ウルス？」

ダラスが双子の兄であることも、王位を欲する真の目的も分かった。

その上でウルスはどう答えを出すのか、本当にダラスと戦うのかと聞いたアディヤに、ウルスがゆっくりと瞬きをして口を開く。

「私は——……」

高い天井に空いた穴から、やわらかな陽光が降り注ぐ。

白狼の口から紡がれた低い声が、あたたかなその光と混じり合い、力強く響き渡った——。


暗がりの中、ゴトゴトと続く不規則な揺れに、アディヤの体が跳ねる。

「……っ」

「……大丈夫か、アディヤ」

息を詰めた途端、後ろから自分を抱え込んだウルスが心配そうに囁きかけてきて、アディヤは小さく笑みを浮かべた。

「これくらい平気で……、……っ！」

しかし、そう答えた次の瞬間、けたたましい馬の嘶《いなな》きと共に激しい揺れが二人を襲う。

ぐらりと傾いだアディヤの体を、その逞しい腕でしっかりと抱きとめて、ウルスがきつく眉を寄せた。

「……来たか」

「っ、はい」

馬車はちょうど、深い森を抜けようとしていたところだった。仕掛けてくるならきっとこの森だろうと、そう思っていた――。

緊張に身を強ばらせたアディヤの耳に、ワッという鬨《とき》の声とラシードの怒声が聞こえてくる。

「全員、王をお守りせよ！」

一気に押し寄せてくる剣戟《けんげき》の金属音と、大勢が揉み合う熱気。

緊迫した戦いの気配にアディヤが固唾を呑んだその時、一際大きな低い声――、ダラスの声が辺りに響いた。

「この国の王位、俺がもらい受ける……！」

「待て……！」

焦ったようにラシードが叫んだ、次の瞬間。

「……っ、あ……!?」

馬車の扉を開け、中を覗き込んだダラスが、ピタリと動きをとめる。

「……そこまでだ」

低く告げたウルスの傍らに立ち、アディヤは獣人姿のダラスの『背』に向かって言った。

「降伏して下さい、ダラスさん……！」

「……なるほどな。こっちの馬車は囮《おとり》で、後ろの荷馬車に隠れてたってわけか」

チッと舌打ちしたダラスが、ため息をついてこちらを振り返る。左右で色の異なるその瞳にギラギラとした敵意を浮かべる彼に、ラシードが剣先を突きつけて大音声《だいおんじょう》を響かせた。

「お前たち、頭目《とうもく》の命が惜しければ、全員即座に武器を捨てろ……！」

「聞く必要ねぇ！」

ラシードの言葉尻に被せるようにして怒鳴るダラ

スだが、揃いの青い衣装に身を包んだマーナガルムの者たちは明らかに動揺した様子だった。

荷馬車から次々に現れたトゥルクード兵たちに囲まれたヤッケが、泣き出しそうに顔をくしゃりと歪める。

「兄貴ぃ……」

「なにやってんだよ、ったく。あんたを取られちゃ、手も足も出せねぇじゃねぇか」

ヤッケとは対照的に苛立ちを滲ませたルゥルゥが、真っ先に手にしていたナーガを地面に置く。他の者たちも次々に武器を手放すのを見て、ダラスが鼻先に皺を寄せて唸った。

「……悪い」

「っ、くそ、なんでだよ！　王宮を出る時は確かに、こっちの馬車に乗ってたじゃねぇかよ！　途中で乗り換えるとか、卑怯《ひきょう》だろ！」

地団駄《じだんだ》を踏まんばかりの勢いで、ヤッケがわめく。

アディヤは彼に向き直って言った。

「ごめんなさい。でも、こうでもしなければ話を聞いてもらえないと思ったんです」

「……話なんて、今更だろ」

ラシードにナーガを奪われたダラスが、瞳をぎらつかせながらも皮肉な笑みを浮かべる。

「それとも、王位を譲る気になったのか？」
ハ、と鼻で笑うダラスに、ウルスが静かに答える。
「いや、そのようなことは、天地が引っくり返ってもない。……だが、私たちはすべてを知った。お前が我が国の王位を求める、本当の目的もな」

「…………」

ウルスの言葉を受けたダラスが、その瞳を剣呑に光らせる。

ダラスの険しい視線をまっすぐ受けとめるウルスの横で、アディヤはぐっと唇を引き結んだ。

――ターニャの告白により、ダラスの出生の真実とその真意を知ったウルスは、あの日、はっきりと宣言した。

『私は、兄とは戦わぬ』

話し合う場を設けたいと、そう言ったウルスに、今日の作戦を提案したのはアディヤだ。

ウルスが自分と共に視察に出るという情報を流せば、ウルスの命を狙うダラスはきっと、仲間たちを率いて戦いを仕掛けてくる。

兵士たちをあらかじめ荷馬車にひそませておき、王宮を出立する時にはわざと護衛の兵を少なく見せかけ、自分たちも途中で馬車から荷馬車に乗り換える。そして、ダラスたちが襲ってきたところを不意打ちすれば、彼らと戦わず話し合う機会を作ることができるかもしれない——。

「……ダラスさん、あなたはやっぱり、イルウェスさんでした。赤ん坊だったあなたは、葬儀の直前に息を吹き返した。けれど、当時の大神官は後々跡継ぎ争いの元になるからと、独断であなたをそのまま火葬にしようとしたんです。でも、その大神官に背《そむ》いて、あなたを育てのご両親に預けた人がいた……」

アディヤの言葉を聞いたダラスが、少し意外そうに目を見開く。

「……父親が侍女に、俺をカマル山に捨てるよう命じたんじゃなかったのか？」

「それは違います。先代の王は、あなたが本当は生きていたことを知らなかったんです。話が間違って伝わったのは、きっとダラスさんの育てのご両親が外国の出身で、その当時はこの辺りの言葉を正確には聞き取れなかったからだと思います」

頷いたアディヤに続いて、ウルスが口を開いた。

「父と母は生前、兄の月命日には欠かさず廟《びょう》に籠《こも》り、祈りを捧げていた。おそらく、二人がお前を想わぬ日はなかっただろう」

「そうか……」

唸ったダラスが、一度目を閉じる。

じっと感情を受けとめるように黙り込んだダラスに、ウルスが問いかけた。

「……ダラス。お前は我が国の軍事力をもって、ジャラガラの内紛を終わらせようとしている。お前が王位を欲するのは、そのためだ。……違うか？」

「………………」

ウルスの問いに、ダラスはしばらく無言だった。

やがて顔を上げ、ウルスに問い返す。

「……だとしたら、どうだって言うんだ。俺の事情次第で、あんたらの答えが変わるとでも言うのか」

「いや。トゥルクードの民の幸せを真に思わぬ者に、王位を譲るわけにはゆかぬ」

再度きっぱりとそう言ったウルスに、ダラスが苛立ったように声を荒らげる。

「だったら、今更なにを話す必要が……」

「だが、兵を出すことはできる……！」

兄と対峙したウルスが、苛烈に吼える。

狼の咆吼に、青の民たちは驚いたように目を見開き、顔を見合わせた。

――トゥルクードは軍を送り込み、隣国ジャラガラの内乱を終わらせる。

それが、あの日ウルスの出した答えだった。

ウルスをじっと見つめたダラスが、唸るように聞き返す。

「……あんた、正気か？」

きつく眉根を寄せ、双眸《そうぼう》を眇めて、ダラスはウルスの言葉を繰り返した。

「兵を出す？　この平和な国を、わざわざ危険に晒すっていうのか？　なによりもこの国の民を思う、あんたが？」

あり得ないと言いたげなダラスは、やはり最初からウルスの協力は得られないと思っていたらしい。

頭を振って続ける。

「どんな綺麗事《きれいごと》を並べたところで、戦いは殺し合いだ。兵を出せば、この国の民が傷つくことは避けられない。他ならぬあんたが、それをよしとするのか？　ジャラガラの戦いに首を突っ込んだところで、なんの得にもならねぇ。あんただって、国民から非難されるぞ……！」

牙を剝いたダラスが、低い唸り混じりにウルスに迫る。その険しい視線をじっと受けとめて、ウルスは頷いた。

「……そうだな。何故必要のない戦いに兵を出すのかと、民は私を非難するかもしれぬ。我が国に攻め込まれたわけでもないのに何故と、そう思う者もいるだろう」

固唾を呑んで見守る周囲を見回して、ウルスは一層声を張り上げた。

「だが、自分たちの利になることだけが、本当に正しいことなのか!?　同じ空の下、同じ土の上で、なんの咎もない者がいたぶられ、大切な者を亡くし、明日をも知れぬ日々を送っている。そうと知りながら、彼《か》の者たちを助けられる力を持ちながらも、傷つくことを恐れてなにもしないのは、本当に間違ってはいないのか!?」

「……ウルス」

呟き、アディヤはウルスの手を取った。被毛に覆われた大きなその手をぎゅっと握りしめ、ダラスを見つめて言う。

「僕も、同じ考えです。僕たちは、この国をより豊かに発展させるために、閉ざされていた国を開き、諸外国との国交を回復させせました。でも、だからと言って、トゥルクードさえ平和ならそれでいいとは思っていません。周りの国と手を取り合い、助け合わなければ、国を開いた意味はない……！」

はっきりとそう言いきったアディヤに、周囲の兵たちが息を呑む。

「……アディヤ」

呼びかけに、アディヤは傍らのウルスを見上げた。

黄金の瞳をしっかり見つめ、頷く。

小さく頷き返したウルスが、改めてダラスを見据え、告げた。

「トゥルクードはマーナガルムに味方し、ジャラガラに出兵する。そして……」

言葉を区切ったウルスが、ゆっくりと一つ瞬きをする。

――この先は、ウルスとアディヤ、二人だけで相談し、決めたことだった。

「……そして、その戦いには、私も赴《おもむ》く」

「な……っ！」

低い声で宣言したウルスに、いち早く反応したのはやはり、ラシードだった。

「なにを言い出すのですか、陛下！　指揮を執るのは私と……！」

慌てるラシードに、アディヤはぐっとウルスの手を強く握って言う。

「……でも、ラシードさん。国民の皆さんだけを、危険な戦場に送り出すわけにはいきません。王であるウルスが、しっかり采配を振るべきです」

「アディヤ様まで……。まさかお二人とも、最初からそのつもりだったのですか!?」

呻くラシードに、すみませんと謝るアディヤの隣で、ウルスが唸る。

「……私が言い出したことだ。アディヤはそれに納得し、賛同してくれたまで」

「だとしても……！　……っ、お考え直し下さい、陛下！」

もはやダラスたちなどどうでもいいとばかりに剣を納め、ウルスに駆け寄って訴えるラシードを見て、ダラスが苦笑を浮かべる。

「あんただって、随分部下に慕われてんじゃねぇかよ」

いつぞやの剣戟の最中に交わした言葉を覚えていたのだろう。ニヤッと笑って言ったダラスに、ウルスがフンと鼻を鳴らす。

「……こやつは小言を言うのが趣味なのだ」

「陛下！」

怒号を上げたラシードに、アディヤは懸命に訴えた。

「相談もせずに決めてしまってすみません、ラシードさん。でも、ウルスは誰かに血を流させて、自分だけ安穏《あんのん》としているような人じゃない。……そうでしょう？」

自分よりずっと長くウルスのそばにいて、共に国政を担ってきたラシードなら、きっと分かってくれるはずだ。

そう思って言ったアディヤに、ラシードが呻く。

「それは……、っ、ですが……！」

「アディヤは私よりも頑固だからな。反対しても無駄だぞ。それよりも、今後の出兵の手はずについて考えた方が、よほど建設的であろう」

しれっと言ったウルスに、ラシードが恨めしげな視線を向ける。

「……まさか、アディヤ様まで同行なさるおつもりではないでしょうね……？」

すっかり疑心暗鬼《ぎしんあんき》に陥っている黒狼の従者に、アディヤは苦笑して言った。

「行きたいのは山々ですけど、僕は足手まといになります。それに、僕には僕の務めがありますから。……ウルスがいない間、僕が留守を預かります。王の伴侶として、責務を果たします」

「……アディヤ」

黄金の瞳をやわらかく細めたウルスが、アディヤの手を優しく握る。唇を引き結んで、アディヤは緊張にこくりと喉を鳴らした。

本当は、自分にウルスの代役が務まるのかどうか、不安でたまらない。

ルトのことも心配だし、万が一国の重大事に関わるなにかが起きた時に自分だけで対処できるのかと、何度も思い悩んだ。

それに、ウルスが赴くのは戦場だ。

片が付けばすぐに戻ってくると約束してくれたし、彼が命を落とすようなことはないと信じているけれど、それでもなにがあるか分からないし、本当はそのそばにいたい。

だが自分は神子で、王であるウルスの伴侶なのだ。不安だからといって、責任を投げ出すわけにはいかない。

しっかり、自分の務めを果たさなければ。

「ウルスがいない間、国政については重臣の皆さんのお力を借りようと思っています。ウルスとも手紙で連絡を取り合って、政務にあたるつもりです。国民の皆さんが不安に思われることのないよう、誠心誠意尽くします。ルトについては……」

ぎゅっとウルスの手を握り返して、アディヤは続けた。

「……ルトについては、王族の方を正式に家庭教師として迎え、力の扱い方や感情のコントロールの仕方を教えてもらうつもりです。万が一に備えて、僕も今、ウルスからルトの力を引き受ける術を教わっています」

もしまたルトの力が暴走したとしても、ウルスの時のような方法で力を移すことはできない。

けれど、アディヤが記録を調べたところ、過去に起きた王位継承者の力の暴走を術を使って押さえ込んだ者として、その父王だけでなく、母である神子の名も挙がっていた。

獣人ではない神子でも、術さえ習得すれば対処は可能だ。だとすれば、自分はなんとしてもその術を覚え、万が一に備えなければならない。

「ウルスとラシードさんが軍を率いて出発するまでに、必ず術を扱えるようにします」

ぐっと瞳に決意を滲ませ、きっぱりとそう誓ったアディヤに、ウルスが微笑む。

「お前は、私の神子。……お前ならば、必ずや己の使命を果たせる」

身を屈めたウルスが、アディヤの手の甲にくちづけてくる。

「……私が留守の間、この国を頼んだぞ、アディヤ」

「ウルス……、……はい」

しっかりと頷き返して、アディヤは微笑みを浮かべた。

（……大丈夫。ウルスの帰りを信じて、僕は僕にできることをするだけだ）

見つめ合う二人を前に、ダラスがガシガシと頭の後ろを掻いてぼやく。

「あー……、なんかもう、あんたらにはあてられっぱなしだな。俺も早いとこ嫁さんもらうべきか？」

こんだけ見せつけられちゃあなあ、と天を仰ぐダラスのもとに、兵たちから解放された仲間たちが駆け寄ってくる。ニヒヒ、と笑いながら、ヤッケがダラスをからかった。

「嫁さんって、そんな相手いねぇじゃん、兄貴！」

「……そもそも、あんたには先にやるべきことがあるだろう」

ため息混じりに促したルゥルゥが、ダラスに眼帯を手渡す。

「身を固めたければ、とっとと争いに片を付けろ」

「……ああ、そうだな。……ウルス！」

ルゥルゥから眼帯を受け取ったダラスが、踵を返してウルスを呼ぶ。

黄金の瞳を眼帯で覆ったダラスは、ウルスの目の前で足をとめると、深く頭を下げ、片手を差し出してきた。

「改めて、頼む。ジャラガラの民のために、あんたの力を貸してくれ。あんたの力で、ジャラガラを救ってくれ」

じっとその手を見つめたウルスが、呟く。

「……私はただ、手助けをするだけだ。誰よりも故国を思うその心は、私にも覚えがあるものだからな」

ウルスの白銀の手が、ダラスの濃い灰色の被毛に覆われた手を取り、しっかりと握りしめる。

「ジャラガラを救うのはあなただ、……兄上」

「……おう！」

身を起こしたダラスが、晴れやかな笑みを浮かべてウルスの手を握り返す。

ふっと口元をゆるめたウルスのその横顔は、まるで夜道を照らす月明かりのように優しくあたたかくて――、……目の前の血を分けた兄と、そっくりだった。


―それからほどなくして、ウルスは国内外に向けて正式に声明を発した。

『我が国はこれまで隣国ジャラガラの内紛を看過《かんか》してきたが、この過《あやま》ちを改めることとした。同じ空の下、なんの咎もない民が苦しめられていることは、他国とはいえ誠に遺憾《いかん》であり、これ以上見過ごすことはできない。我が軍はこれよりマーナガルムに味方し、ジャラガラに進軍する。ただちに停戦せぬ者は皆、我が国の敵と見なす』

簡潔ながら、戦いをやめなければ政府軍であろうが反政府軍であろうが潰すという、至極《しごく》分かりやすいウルスのこの声明は、周辺諸国に大きな驚きと衝撃をもたらした。

しかし、アディヤの母国であり、国交のあるイルファーンをはじめ、多くの国がこれに賛同し、協力を申し出たことにより、形勢は一気にトゥルクードに有利に傾いた。

そして、声明から一週間後、ウルスはトゥルクード全軍を率いてジャラガラへと乗り込んだ。

その手にナーガを携えた青の民、マーナガルムたちと共に――。


ガガガガガッと、銃の乱射音が響く。

崩れかけた壁の陰に身を隠した少女は、共にその場にうずくまった幼い弟の頭を、両腕でぎゅっと抱きしめた。

「……っ、おねえちゃん……っ」

「しーっ、静かに……！」

唇に当てた指先はしかし、冷たく強ばり、震えていた。

「どこだ!?　隠れても無駄だぞ!?」

狂ったような笑い声を立て、男がまた銃声を響かせる。

彼女たちを追う男は、反政府軍の一員だ。見つかったら確実に殺されてしまうだろう。

（誰か……！　誰か、助けて……！）

目を閉じ、祈るばかりの少女だが、街の者は皆怯えて隠れている。ジャラガラの首都にほど近いこの街は一年前に反政府軍によって占拠されており、彼女たちの両親もその時に殺されてしまっていた。

出入りを禁じられた住民たちは、街から逃げ出すこともかなわず、息をひそめて隠れ住んでいる。

少女も弟を守らなければと反政府軍から逃げ回り、他の住民たちと共に地下に避難していたが、細々と食いつないできた食料がついに底をつき、危険を冒して街に出てきたところだった。

(噂では、隣のトゥルクードの王様がマーナガルムの人たちに味方して、首都を目指して進軍してるって話だったけど……)

しかし、この街は国境から遠い。

トゥルクード軍が来るとしても、おそらくまだまだ先で——、今、彼女たちを助けに来る者は誰もいなかった。

「ハハッ、こっちか⁉」

暴力に酔いしれた反政府軍の兵士が、けたたましい声で笑いながら、一歩、また一歩と、こちらに歩み寄ってくる気配がする。

(っ、せめて、弟だけでも……!)

こうなったら自分がここから飛び出して囮となり、弟が逃げる時間を稼ぐしかない。

そう覚悟した少女が、震える足で立ち上がり、駆け出そうとした、——その瞬間。

「あ……⁉ なんだてめ……っ、ぐあ……っ!」

突如、銃声が少女たちとはまったく別の方向へと向けられたかと思うと、すぐに男の苦悶の声が聞こえてくる。

「な……、なに……?」

おそるおそる壁の陰から顔を出した少女は、そこで思わず息を呑んだ。

「……よし、まずは一人目、と。こんな奴がうろついてるってことは、まだこっちの進軍の情報は漏れてないな」

そこには、真っ青な衣を身に纏った濃い灰色の大きな獣――、狼が、立っていたのだ。

ドサッと男を投げ捨てたその狼は、隆々とした逞しい人間の男のような背格好ながら、全身が豊かな被毛に覆われており、片目を真っ黒な眼帯で覆っていて――。

「っと、街の奴らに見られたらまずいか……」

呟いた狼が、ふうっと大きく息をついた途端、その姿がサアッと変化し出す。

まるで風の色が変わったかのように、その場には背の高い灰色の髪の男が現れていた。

「ぁ……」

思わず小さな声を上げてしまった少女を、隻眼の男が振り返る。眼帯に覆われていない、翡翠《ひすい》色の瞳が、降り注ぐ陽の光にキラリと煌めいた。

「……あー……、見られちまったか」

頭の後ろをわしわしと掻いた男が、ゆっくりとこちらに歩み寄ってくるのを見て、少女は慌てて弟を連れ、逃げ出そうとした。

しかし、あまりのことに足がすくんでしまって動かない。

ペタンッとその場に尻餅《しりもち》をついた少女は、必死に弟を抱きしめて懇願した。

「……っ、お……っ、お願い、弟だけは……!」

自分はどうなってもいい、だから、とどうにか訴えようとした少女の前に、男が膝をつく。

「ひ……っ」

悲鳴を上げて震え上がった少女に、男がその手を伸ばし――、ぽんと、頭を撫でた。

「え……」

「そんな怯えんなって。別になにもしやしねぇよ。それより、どこもケガしてねぇか？　弟守って、よく頑張ったな」

ニッと笑った男が、ぽんぽんと少女の頭を撫でる。

呆気に取られた少女の前で、男はごそごそと自分の懐を探り出した。

「あー、悪い。そういや今、手持ちがねぇんだった。なんせ、俺の仲間は大食らい揃いでな。金庫番はとびきりの美人なんだが、とにかくケチで……、おっ、これならあったぜ」

ぼやきつつなにかを見つけたらしい男が、少女に拳を突きつけてくる。ん、と促されて、少女はおずおずと両手を差し出した。

小さなその手のひらに転がったのは、紙に包まれた二つの飴《あめ》で――。

「これでさっき見たこと、黙っててくれや。な?」

頼む、と拝《おが》むように苦笑いした男を茫然と見つめ、ぱちぱちと瞬きを繰り返していた少女だったが、その時、遠くから男を呼ぶ声が聞こえてくる。

「兄貴ー!? どこまで行っちゃったんだよ!? 早く反政府軍の根城《ねじろ》ぶっ潰しに行こうぜ!」

「ぐずぐずしてたら、すぐにトゥルクード軍に追いつかれて手柄《てがら》奪われちまうぞ、ダラス! これは俺らの戦いだろうが……!」

賑やかな呼びかけに男が苦笑しながら立ち上がり、横を向いて応える。

「おう、すぐ行く! ったく、あんな大声出したら敵に気づかれ……」

「っ、危ない!」

ぼやく彼の背後で、先ほどの反政府軍の兵士がゆらりと立ち上がるのに気づいて、少女は咄嗟に叫んでいた。素早く反応した男が、後ろを振り返る。

――だが。

「ぎゃ……!」

男が迎撃の体勢を取るより早く、真っ白な旋風《せんぷう》が兵士に襲いかかる。

悲鳴を上げて再び崩れ落ちたその兵士を、遠くの瓦礫《がれき》目がけてブンと放り投げたその大きな旋風は、白銀の鎧《よろい》を身につけた巨大な狼で――。

「……詰めが甘いのではないか、兄上殿」

なめらかな低い声でそう言った白狼は、まるで満月のように輝く黄金の瞳をしていた。その傍らに、真っ黒な鎧で身を固めた黒狼が駆け寄ってくる。

「陛下！　お一人で先に進まれては困りますとあれほど……！」

「兄の匂いがしたから、合流しようと思ったまでのことだ。私が一人になっては困るのであれば、お前が離れなければいいだけのことだろう、ラシード」

「屁理屈《へりくつ》をこねるのはおやめ下さい！」

眉間に皺を寄せて唸った黒狼に、灰色の髪の男が苦笑を浮かべる。

「あんまりラシードを困らせてやるなよ、ウルス。すまん、ちっと油断した。こっちの姿だと鼻がきかなくてな」

「いっそのこと、ずっと獣人の姿でいたらどうだ？　兄上がトゥルクードの王族であることを明かしても、こちらは一向に構わんが」

「いや、話がややこしくなるからな。お前らにこれ以上迷惑はかけらんねぇよ」

ひらひらと手を振った男に、白狼が肩をすくめて言う。

「なにを水くさいことを。言っておくが、そちらが遠慮しているのなら、我が軍が先に反政府軍の根城に突入するからな」

「……げ、ルゥルゥの言う通りじゃねぇかよ。お前、本当にせっかちだよな。王のくせにケンカっ早いっつーか」

呆れたように言う男に、黒狼がため息混じりに告げた。

「まったくです。加えて、此度《こたび》の遠征ではアディヤ様やルト様と離ればなれですからね。いつもに輪をかけてひどいですよ」

「……ひどいとはなんだ、ひどいとは」

気分を害したように鼻を鳴らした白狼が、腕を組んで続ける。

「この街に着くまでほぼ、兄上たちマーナガルムが先に敵を倒してしまっていたからな。このままでは我々が力を振るう機会がなくなると思い、急ぎ進軍しただけのことだ。それに、愛する家族のもとに一日も早く戻りたいと思うのは当然のことであろう。……もちろんそれは、私だけでなくこの国の者たちも同じだろうがな」

ちら、と黄金の瞳に視線を投げかけられて、少女は小さく息を呑んだ。しかし白狼は、じっと少女を見つめ、ふっと優しい笑みを浮かべると、くるりと踵を返して言う。

「……せっかく進軍の動きを読まれず、奇襲をかけられそうなのだ。この機を逃さず、一刻も早くこの街の者たちを陽の当たる場所に出してやらねばならぬ。ゆくぞ、ラシード」

「は……！」

白狼に声をかけられた黒狼が、少し離れた場所で待機していた数多《あまた》の獣人兵に合図し、主《あるじ》の後に続く。その場を去っていく一団に、男が慌てて声をかけた。

「ちょっと待てウルス、突入は俺らマーナガルムが請け負うって……！」

と、男はそこで足をとめると、思い出したように少女を振り返り、その場に片膝をついた。

「ってわけだから、さっきの俺の姿のことは黙っててくれや。口止め料が飴ちゃんで悪いけどよ」

「あ……、は、はい」

一連の出来事にまだ茫然としたまま、どうにかそう頷いた少女に、男が笑う。

「ありがとな、嬢ちゃん。いい女になれよ」

ぽんぽんと少女の頭をもう一度撫でた男は、続いて傍らの弟にも手を伸ばし、その頭をぐしゃぐしゃと撫でて言った。

「坊主も、しっかり姉ちゃん守って生きてくんだぞ。もうすぐ皆が腹いっぱい食えるようになるから、それまで待ってろよ」

「……うん！」

「お、いい返事だ。……じゃあな！」

ニカッと笑った男が立ち上がり、足早に去っていく。

少女は慌てて壁の陰から飛び出し、精一杯叫んだ。

「あの……っ、ありがとう……！」

チラッと少女を振り返った男が、照れくさそうに笑い、ひらりと片手を振る。

灰色の髪を風になびかせた彼のもとに、同じく真っ青な衣装に身を包んだ小柄な少年と、美しい青年が駆け寄ってくる。

左右を固めた彼らに笑いかけた男は、もう振り返ることなく、まっすぐ前へと進んでいった。

「ありがとう……」

遠ざかるその背にもう一度そう呟き、少女は降り注ぐ陽の光の下、いつまでもじっと佇《たたず》んでいた――。

よく晴れた青空に、三角の軍旗が翻る。

紺碧《こんぺき》の絹に、銀糸で狼の紋章が刺繍されたその軍旗が遠目に見えた途端、アディヤは居ても立ってもいられずに王宮前の階段を駆け下りていた。

「ウルス……っ！」

ラシードを始めとした近衛兵を従え、周囲に集まった民衆の歓声に手を上げて応えていたウルスが、アディヤの姿を見とめて馬を降りる。

陽光に煌めく白銀の被毛を風にそよがせた愛しい王に、アディヤは思いきり飛びついた。

「お帰りなさい、ウルス！」

「……っと。ああ、今帰った。まるでルトのようだな、アディヤ？」

逞しいその腕で愛嫁《まなよめ》を抱きとめたウルスが、くすくすと笑いながらアディヤをからかう。

アディヤは久しぶりのウルスの胸の中で、その被毛に顔を埋めて頬を赤らめた。

「……ひと月ぶりなんですから、大目に見て下さい」

目を細めたウルスが、もちろんだと頷く。豊かな被毛をぎゅっと握りしめ、胸いっぱいにウルスの香りを吸い込んで、アディヤはようやくほっと息をついた。

——ウルスが全軍を率いて王宮を発《た》ってから、ひと月がたっていた。

当初、ウルスの声明が出されてすぐに停戦を宣言した政府軍とは反対に、反政府軍は徹底抗戦の構えを見せていた。

しかし、元より利害関係で彼らを支援していた他国は、周辺諸国がトゥルクードに味方し始めたと知るや否や、手を引いてしまったらしい。後ろ盾を失った反政府軍は、あっという間に形勢が逆転し、一気に劣勢に追い込まれた。

それでも戦いをやめようとしなかった反政府軍だが、獣人兵を擁《よう》するトゥルクードと周辺諸国連合軍の圧倒的な軍事力、そして援軍を得て勢いづいたマーナガルムに勝てるわけもない。

ほどなくして反政府軍は全面降伏《こうふく》を申し入れ、長く続いたジャラガラの内乱に、ついに終止符が打たれた。

ウルスは連合軍の総大将としてジャラガラの政府を解散させた後、新政府設立の支援を行う人員を残し、こうしてトゥルクードに、アディヤのもとに帰ってきたのだ。

「本当にお疲れ様でした、ウルス。手紙では問題ないって言ってましたけど、本当にどこにも怪我はありませんか？　危ない目に遭ったりとか……」

被毛に覆われたウルスの顔を両手で包み込み、眉を寄せて聞いたアディヤに、ウルスが苦笑を零す。

「アディヤは心配性だな。この通り、怪我どころかかすり傷一つしておらぬ。なにせ、我が軍が街に着く前に、マーナガルムの者たちがあらかた敵を倒してしまうのでな。私たちが実際に戦ったのは首都に近づいてからで、それまでは戦うよりも、街の復興支援をしている日の方が多かったくらいだ」

「そうだったんですか……。ダラスさんたちも無事ですか？」

ジャラガラへ戻るまでの数日間、ダラスたちは戦支度や進軍の相談のため、王宮に滞在していた。

気のいい彼らとすっかり親しくなったアディヤを知っているウルスが、安心せよと頷く。

「もちろん、皆無事だ。世話になったと伝えてくれと頼まれた。状況が落ち着いたら、また改めて皆で我が国に来る、とな」

「よかった。その時が楽しみです」

微笑んだアディヤに、そうだなと頷きつつ、ウルスは少し遠くを見るような目で告げた。

「……兄は今後も、自分が獣人ということは伏せておくと言っていた。自分の故郷はやはりジャラガラだ、自分は自分のやり方で、故郷を平和な国にするため尽力していく、とな」

「……ダラスさんなら、きっとできます」

戦いの終結と、新政府の設立を宣言したのはダラスだ。

今後ジャラガラは、ダラスたちマーナガルムの者たちが導いていくことになるだろう。

誰よりも国を思い、民衆を思う彼らなら、きっと道を誤ることはないはずだ。

確信をもってそう言ったアディヤに、ウルスがフッと笑みを浮かべる。

「ああ。私もそう思う。……私も、これからはトゥルクードの王として隣国を支援していくつもりだ。お前も力を貸してくれるか、アディヤ」

「もちろんです。ジャラガラの人たちが穏やかに過ごせる日が一日も早く来るように、僕たちも応援していかないと」

同じ空の下、同じ土の上に生きる者として、できる限りのことをしていきたい。

アディヤがウルスと微笑み合ったその時、背後で高い声が上がる。

「ちちうえ……っ、ちちうえ！」

「っ、ルト様、危ないですから大人しくなさって下さい……！　今降ろしますから！」

どうやらアディヤの後を追いかけようとしたルトを、ノールが抱えて連れて来たらしい。ノールの腕の中でじたじたと暴れていたルトは、地面に降ろされた途端、こちらに駆け寄ってきた。

「おかえりなさい、ちちうえ……！」

「ああ、ただいま、ルト」

アディヤを片腕に抱いたまま身を屈めたウルスが、

飛びついてきたルトを、ひょいっともう片方の腕に抱き上げる。やわらかく目を細めたウルスは、その鼻先をルトのこめかみに擦りつけながら、笑み混じりの優しい声で言った。

「ディディから手紙で聞いたぞ？　父のいない間、約束を守ってよい子にしていたそうだな。偉いぞ、ルト」

ウルスの髭《ひげ》がくすぐったかったのか、ルトはくすくすと笑い声を立てながら、手に持っていた小さな花束をウルスに差し出した。

「あのね、ちちうえ、これ」

みててね、とウルスに言ったルトは、まだ蕾《つぼみ》ばかりのその花束を両手で持つと、ぎゅっと眉を寄せて目を閉じた。

「んー！」

唇を引き結び、ピンと耳を立てたルトが真っ赤な顔で力を込めた次の瞬間、ぽんっ、ぽぽんっ、と手にしていた花束の花が一斉に咲き出す。

「おお……！」

感嘆の声を上げたウルスに、ルトが得意げに尻尾を振りつつはにかんだ。

「ルト、すごい？」

「ああ、すごい！　もうこのようなことができるとは……！　アディヤに教わったのか？」

「うん！　ルト、いっぱいれんしゅうした！」

ウルスに褒められたルトが、照れたように笑いながら元気よく頷く。

嬉しそうなルトに、よかったねと笑いかけ、アディヤは言い添えた。

「ルトの力の発散になるかもしれないと思って教えてみたら、すごく楽しかったみたいなんです。おかげで今、奥宮はルトが咲かせたお花だらけで、花瓶が足りないって侍女長さんが悲鳴を上げています」

「そうか。まるで花屋だな」

苦笑したウルスが、ルトが差し出した花束に鼻先を寄せて微笑む。

「ん……、よい匂いだ。それに、ルトの力も随分安定している。きっとアディヤの考えた通り、花を咲かせることで過剰な力が発散できているのだろう。これならば、多少感情が不安定になったところで、力の暴走が起きることはないはずだ」

ほっとしたように言うウルスに、アディヤも頷いた。

「はい、僕もそう思います。……これからはお花屋さんに、蕾のままの花をたくさん仕入れてもらわないといけませんね」

「ああ。それに、花瓶も用意せねばな」

侍女長のためにも、と笑ったウルスが、二人を抱えたまま歩き出す。

王の帰還を祝う人々の歓声に包まれながら、アディヤはその白銀の被毛にそっと頬を寄せてもう一度告げた。

「……お帰りなさい、ウルス」

黄金の瞳を細めたウルスが、喉を低く鳴らし、身を屈める。

ただいま、と唇の上で弾けた幸せな感触に、アディヤはそっと、目を閉じたのだった。


宵闇《よいやみ》に、ほのかな灯《あか》りが揺れる。

寝室に足を踏み入れた途端に唇を奪われ、抱き上げられてまっすぐ寝台へと連れてこられたアディヤは、覆い被さってくる白狼の夫に夢中でしがみつき、その激しいくちづけに応えていた。

「ん、は……っ、ウルス……っ」

「ああ、アディヤ……、どれだけこの瞬間を待ち焦《こ》がれたか……！」

唸りを堪えつつ、ウルスがアディヤの小さな唇を天鵞絨《びろうど》のような舌で舐め上げる。

豊かな白銀の被毛にすっかり腕が埋まってしまうほど強く、強くウルスを抱きしめて、アディヤは狼の舌に己を委《ゆだ》ねた。

「んん……っ、ん、ん……！」

せわしない呼吸を食べ合うようにして舌を絡め合い、互いの衣装を脱がせ合う。

衣一枚隔てているのももどかしいのに、自分よりずっと大きなウルスから衣を脱がせるのが難しくて、でもキスはやめたくなくて。

懸命にくちづけに応えながらなんとか長衣を脱がせようとするアディヤに、ウルスが小さく笑って囁いた。

「ん……、アディヤ、お前はこちらに集中せよ」

すでに裸にされてしまったアディヤは、唇を甘く噛まれながらのその囁きに頬を染め、ん、とウルスにしがみついてくちづけを続けた。大きな舌を自分のそれで舐めくすぐり、溢れる蜜を啜って、また舌を伸ばしてウルスを求める。

目を細めながら、グルル……、と低く喉を鳴らしたウルスが、アディヤの舌をからかうように舐めつつ、手早く自分の衣を脱いでいく。

バサッと衣が寝台の下に落とされる音にすら焦《じ》らされるようで、アディヤはウルスの首の後ろに回した手で、ぎゅっとその被毛を握りしめた。

ウルスが王宮へと帰ってきたその夜、新しく建て直された謁見の間で開かれた祝宴の途中で、二人は寝室へと引き上げていた。

集まった兵たちに労《ねぎら》いの言葉を述べたウルスは、挨拶に来る将たちへの対応もそこそこに、アディヤを膝に乗せて手ずから料理を食べさせ、恥ずかしがったアディヤがもう満腹ですと訴えた途端、抱き上げてさっさと宴《うたげ》の場を後にしてしまったのだ。

自分はともかくウルスは主役なのにと焦ったアディヤだが、今日ばかりはラシードですらウルスの味方らしい。

『明日の予定は入れておりませんので、どうぞご夫婦でごゆっくりお過ごし下さい。……これでようやく陛下のご機嫌が直ると思うと、祝いの酒が一層美《お》味《い》しく感じられます』

疲労を滲ませた黒狼の腹心に、しみじみとそう言われてしまっては、アディヤもウルスをとめられない。

すでに夕食を済ませたルトも、もう子供部屋で眠りについている。

宴の前に久しぶりにウルスと一緒に入浴したのがよほど嬉しかったらしく、風呂の中でも随分はしゃいでいたようだから、疲れてしまったのだろう。

「……久々に、お前を独り占めできる」

透明な蜜の糸をぺろりと舌で切って、ウルスが言う。アディヤは上がってしまった息を整えながら首を傾げた。

「もしかして、このためにルトをお風呂に入れたんですか？」

ルトが早々に眠ってしまうよう、わざと仕向けたのかと聞いたアディヤに、ウルスがしれっと言った。

「まさか。いくら私とて、アディヤとゆっくり夜を過ごすために宴の支度を急がせたり、ルトと長めに入浴したり、ましてや数日前からわざとラシードに八つ当たりなど、するわけがなかろう」

「……八つ当たりしたんですか」

どうやらウルスのこの大人げないところは、何年たとうが変わらないらしい。

道理でラシードがあんなにげっそりしていたはずだ、とため息をついたアディヤに、ウルスが笑う。

「宴の支度を急がせたのはともかく、あとはさすがに冗談だ。……久しぶりにゆっくり湯に浸かれて、ルトの楽しそうな顔も見られて、つい長湯になっただけだ」

グルグルと上機嫌に喉を鳴らすウルスの被毛は、月明かりに照らされて艶やかに輝いている。

極上の絹のようにするするとなめらかなその白銀の被毛を、指で梳《くしけず》るように何度も撫でて、アディヤはふわりと微笑みかけた。

「……本当にお疲れ様でした、ウルス。あなたが無事で、よかった……」

「ああ。アディヤも、よく留守を守ってくれた」

低い声で言ったウルスに、アディヤは小さく首を横に振った。

「僕は、なにも。皆さんにたくさん助けていただいたおかげですし、それに運よくたまたまなにも起こらなかっただけですから」

もしこの一ヶ月の間になにか起きていたら、自分ではとても対処できなかったに違いない。

そう言ったアディヤに、ウルスが目を細める。

「いや、何事も起こらなかったのは、それだけアディヤが努力して、平穏を保ったということだ。平時の政こそ、最も難しいもの。……王として礼を言う。ありがとう、アディヤ」

「ウルス……」

労《ろう》をねぎらう言葉に、改めて重責を果たせたという実感が込み上げてくる。ほっとした表情を浮かべたアディヤを見つめて、ウルスが少しいたずらっぽい笑みを零した。

「しっかり留守を守ってくれた妃には、褒美《ほうび》を授けねばならんな？　なにがよい、アディヤ？」

「そんな、褒美なんて……」

慌てて、いらないと答えかけたアディヤの唇に、ウルスがかぷっと軽く噛みつく。

「こういう時は、私以外なにもいらぬと言うものだ。

それ以外の言葉は聞かぬ」

かぷかぷとアディヤの唇を噛んでそう言う白狼の顔を両手で包み込んで、アディヤはくすくすと笑いながら問い返した。

「じゃあ、ウルスはご褒美、僕以外なにもいらないんですか？」

大変なことを成し遂げたのにと問うアディヤを、ウルスが蕩けるような視線で見つめて言う。

「ああ、いらぬ。……お前が一番の褒美だ、アディヤ。お前が私の腕の中にいることが、私にとって一番の幸福だ」

「ウル……、……ん」

名前を呼びかけたアディヤの唇を、やわらかな狼の被毛が塞ぐ。

大きな舌に翻弄《ほんろう》されながら、アディヤはくちづけの合間にそっと告げた。

「んん、僕、も……、僕も、です。……ん、僕も、あなたしかいらない……」

「……アディヤ」

黄金の瞳にその姿を閉じ込めようとするかのように、ゆっくりと瞬きをしたウルスが、くちづけを一層深くする。

なめらかな舌が連れてくる甘い掻痒感に、アディヤは知らず知らずのうちに腰を浮かせていた。

「ん……、んんっ、は、あ……、ん、ん」

深い森に似た気高い王の香りに、全身で感じるやわらかな被毛の感触に、体の熱が際限なく昂《たかぶ》っていく。

ピンと尖った胸の先と足の間の花茎に気づいたウルスが、低く笑みを零してその手を伸ばしてきた。

「留守中、一人で慰めたりはしなかったのか？　随分反応が速い……」

「……っ、だ、だって、それどころじゃなくて……、んんっ」

毎日緊張で神経が張りつめていたし、ウルスのことも心配で、とても自慰などする余裕はなかったと告げたアディヤの性器を、ウルスがその大きな手で包み込む。すでに先走りの蜜で濡れていたそれをくちゅくちゅと扱かれて、アディヤはたちまち息を乱してしまった。

「んん……っ、あっ、ん、んっ」

「ならば、今日はたっぷり時間をかけて慣らさねばな？　意識のない獣との交わりなど、二度と思い出せなくなるほど悦《よ》くしてやる」

「ん……っ、い、意識のない獣って……、だってあれは、ウルスですよ？」

自分自身に嫉妬《しっと》するかのようなことを言うウルスに驚いたアディヤだが、ウルスはフンと鼻を鳴らしてそれを一蹴《いっしゅう》する。

「あのような獣、私であって私ではない。それにあれは、愛の行為とはとても呼べぬものだったであろう？」

眉根を寄せたウルスが、アディヤのこめかみにキスを落としながら改めて謝る。

「お前にそのようなつらい思いをさせて、すまなかった。詫びに今日は、私の想いを込めてお前を思うさま悦くしてやりたいのだ。アディヤの記憶に残るのは、私の愛だけでよい……」

「……ウルス」

アディヤの記憶から、つらかったあの交わりを消し去りたい。自分自身がアディヤを愛している記憶だけを残してほしい。

殊勝《しゅしょう》でいて、この上なく独占欲の強い伴侶に、アディヤは思わず微笑みを浮かべた。

目を細めたウルスが、アディヤの耳朶《じだ》を鼻先でくすぐりながら囁きかけてくる。

「アディヤ、お前のすべてが欲しい。お前の身も心もすべて、私だけのものにしたい。……せずにはいられないのだ」

「……っ」

熱い吐息と共に耳朶に触れるなめらかな被毛が、頭の中に直接響く艶めいた低い美声が、アディヤの体の芯を甘く痺れさせる。

息を詰め、疼きを堪えようとするアディヤに、ウルスが駄目押しのように問いかけてきた。

「私への褒美、たっぷり味わわせてくれるな？　アディヤ」

「ウルス……」

じっと見つめてくるウルスの黄金の瞳は、欲情に濡れ光っている。

こくりと頷いた途端、落ちてきたやわらかなくちづけに、アディヤはそっと目を閉じた。

あの日の媚薬よりもずっと甘く、淫らな熱の予感に、もう指先までぐずぐずに蕩《とろ》けてしまいそうだと思いながら——。


「ん……！　ま、待って、また……！」

「……待てぬ」

制止を乞うたアディヤの花茎を、ウルスがその大きな舌で強く舐め上げる。人のそれとは異なる、狼の口腔に性器を包まれたまま、アディヤは堪えきれずにびくんと腰を跳ねさせた。

「ひう……っ、んあぁっ！」

ぴゅくっと溢れた少量の白蜜を、ウルスがすかさず飲み下す。くったりと力を失った性器を丁寧に舐め清めるウルスに、アディヤは息を荒らげて訴えた。

「も……、も、無理です、ウルス……。もう、出ません、から……」

先ほどから大きな手と口で何度も追い上げられた花茎は、もうすっかり甘く重い倦怠感《けんたいかん》に支配されてしまっている。熱を持ちすぎて腫《は》れぼったいのに、少しでも触れられると途端に快感が走るそこを持て余して、アディヤはぎゅっと敷布を握りしめた。

「……っ」

鋭敏になってしまっているのはなにも性器ばかりではない。

幾度も達する間、ウルスにじっくりと舐め溶かされた後孔もまた、すでに熱く潤んで疼いている。

奥までたっぷりと注がれた透明な蜜がとろりと内壁を伝う掻痒感に、アディヤはたまらず声を震わせた。

「もう、も……っ、挿れて、ウルス……」

これだけ蕩けているのに、今日のウルスはアディヤが一番感じてしまう前立腺にはまだ触れてくれていない。

散々焦らされているそこをゆっくり、ゆっくりと滴り落ちていく濃密な雫《しずく》に、アディヤはもう、おかしくなってしまいそうだった。

「お前からねだってくれるとは、珍しいな？」

フッと笑みを零したウルスが、アディヤの蜜袋をひと舐めして、すうっとそこの匂いを嗅ぐ。

「……媚薬を使っていた時より、よほどよい匂いがする」

ひくひくと震える内腿をやわらかく噛まれたアディヤは、肌に当たるなめらかな被毛にすら愛撫されているような錯覚を覚えつつ、懸命に訴えた。

「あ……っ、当たり前じゃないですか……！　あんな……、あんな媚薬より、ウルスにされる方がずっと……、……っ」

「……アディヤ」

言っている途中で恥ずかしくなり、目元を赤らめて顔を背けてしまったアディヤに、ウルスが目を細める。

「まったくお前は、いつまでたっても私を夢中にさせる……。私も、お前を抱いている時はいつも、他のなにも考えられなくなるほど悦くてたまらぬ」

「……っ、そ……、でも……」

カアアッと頬を赤くしたアディヤは、咄嗟に言いかけた言葉を呑み込んだ。

気づいたウルスが促してくる。

「ん？　でも、なんだ？」

「……でも、あの時、その……。ぜ、全部入れたのに、ウルスの……、いつもみたいに瘤、できなかったから……」

「瘤？　……ああ」

深くまで交わった時、獣の形に膨れ上がる性器のことを言っていると気づいたのだろう。くす、と笑みを零したウルスが、身を起こす。

寝台に横たわるアディヤに覆い被さるようにして、ウルスはその鼻先をアディヤのこめかみに擦りつけながら言った。

「それは当たり前だ。あれは、私が心底お前のすべてが欲しいと思った時になるのだからな」

「……そうだったんですか？」

てっきり、すべて納めれば膨れ上がるものだと思っていた。驚くアディヤに、ウルスが笑う。

「あの時の私は、心を失っていた。アディヤのことを愛しいと思う気持ちすら、なくしてしまっていた。……私が私を取り戻せたのは、お前の深い愛のおかげだ」

「ウルス……」

「今は、心からお前が愛おしいと思える。……愛している、アディヤ。お前のすべてを私のものにして、よいか？」

深くアディヤを抱きしめたウルスが、じっと瞳を見つめて聞いてくる。

アディヤは両腕を伸ばし、白狼の逞しいその肩を抱き寄せた。

「……して下さい、ウルス。僕も、ウルスの全部が欲しいです」

目を細めたウルスが、くすぐるようにして幾度もアディヤの唇を啄む。

被毛に覆われた大きな手にそっと足を押し開かれ、腰を抱かれて、アディヤはその巨軀に自分から足を絡めた。

「ん……、アディヤ、挿れるぞ」

「は、い……っ、んぁ、あ、あ……！」

ぐぬ、と後孔に押しつけられた熱塊が、ゆっくりと沈んでいく。蕩けきった隘路を押し開く充溢《じゅういつ》に、アディヤは大きく胸を喘がせた。

「あ……っ、ん、ん……っ！」

やっと与えてもらえた熱に、羞恥も理性もぐずぐずに溶けてなくなってしまう。

ただただ欲しくて、愛おしくて、もうそれがすべてで。

体が、心が求めるまま、アディヤは無我夢中でウルスにすがりついた。

「も……っ、も、っと……！　ウルス、……っ、ウルス……！」

大きくて熱い、愛しいこれを、もっと奥深くで感じたい。

けれど、逞しく漲《みなぎ》る雄刀はなかなか望むところまで来てくれない。早く、と細い手足でウルスの巨軀にしがみつくアディヤに、ウルスがハ、と熱い息を切らせて呻く。

「……っ、そう急くな。久方ぶりなのだから、ゆっくり、な……？」

すっぽりとアディヤを抱き込んだウルスが、アディヤのこめかみになだめるようなキスを繰り返しつつ、言い聞かせてくる。

「お前を傷つけたくない……。一欠片も苦痛を与えたくないのだ。だから……」

「や、や……っ」

ぬっ、ぬぐっ、と小刻みに腰を揺らしながら言うウルスに、けれどアディヤは必死に頭を振ってねだった。

「はや、く……っ、早く、下さ……っ」

「っ、アディヤ」

「もう……っ、も、奥、欲し……っ、欲しい……！」

ウルスの大きな雄が押し開いている、その先を愛される快感を知っている体が、燃えるように疼いて求めてしまう。

待ち焦がれた熱をもっと奥まで誘おうとするかのようにうねる隘路に、ウルスがグルル……ッと低い唸り声を上げた。

「駄目だと言っているだろう……！」

淫らに揺れるアディヤの腰を摑んだウルスが、たまらないようにハア、と大きく息をつく。

「あまり煽《あお》るな、アディヤ。私とて、お前が欲しくてどうにかなりそうなのを必死に堪えているのだ」

「……っ、そんな、我慢なんか……、ん……！」

する必要ない、だから早くと言おうとしたアディヤの唇を、ウルスが塞ぐ。

「ん……、アディヤ……。いい子だから、聞き分けてくれ、な……？」

「んん、ふ、あ……っ、ん、んう……っ」

しっかりとアディヤの腰を押さえ込み、くちづけで反論を封じたウルスが、少しずつ腰を進め、ゆっくりとその刀身を己だけの鞘に納めていく。

焦れったくなるほど慎重に奥を押し開く雄に、アディヤは紺碧の瞳を潤ませ、愛しい狼に夢中でくちづけを繰り返した。

「ん、ん……っ、ウル、ス……っ、ウルス……！」

「ああ、……もう少し、だ」

呻くように言うウルスの声も、欲情に濡れ、かすれている。ウウウ、と低く唸りながらも暴走しそうな本能を堪え、大切に、大切に抱こうとしてくれている最愛の伴侶に胸が苦しくなって、アディヤはその大きな獣を強く抱きしめた。

「ああ、あ、あ、あ……っ、んー……！」

やがて、ぐちゅりと音を立てて、ウルスの雄がすべてアディヤの中に押し込まれる。いっぱいに開かれたそこに触れるやわらかな被毛の感触に、最奥まで埋められたその熱に、アディヤは頭の芯まで溶けてしまいそうな多幸感に包まれた。

「は……、あ、んん……、ん……」

「……ああ、よい匂いがするな、アディヤ。この上なく甘くて、淫らで……、……たまらぬ」

うっとりと目を閉じて快感に浸っているアディヤのこめかみの匂いを嗅いだウルスが、ハ……、と熱い吐息を漏らす。グルグルと嬉しそうに喉を鳴らしながら、アディヤの花茎に手を伸ばしてきたウルスだったが、そこでぴたりと動きがとまった。

「ん……？」

快楽を感じているはずのアディヤの性器は、中途半端にやわらぎ、芯を失ったままだったのだ。

「何故……」

驚いたように呟いたウルスが、確かめるように何度もそこを撫でる。なめらかな被毛に覆われた指先に触れられる度に走る、腫れぼったいような感覚に、アディヤはたまらず声を上げた。

「や……っ、そ、そこ、触らないで、ウルス」

鋭敏になり過ぎた花茎に触れられるのは、快感よりも怖さが勝る。怯えるアディヤに、ウルスが慌ててそこから手を離し、そっと聞いてきた。

「すまぬ、アディヤ。……つらいなら、やめるか？」

アディヤから確かに快感の匂いはしているものの、性器が反応していないことに、ウルスも戸惑っているのだろう。もう幾度も抱かれているのにこんなことは初めてで、アディヤも困惑しつつ頭を振った。

「だ……、大丈夫です。それより、続きを……」

待ち侘びた愛しい熱に、後孔はきゅうきゅうと収縮し、甘く疼いている。このまま続けてほしいと瞳を潤ませたアディヤだったが、ウルスは表情を曇らせたまま渋る。

「だが……」

「っ、こんなところでやめられたら、もっとつらいです。……それはウルスも、でしょう？」

狭いそこをいっぱいに埋める雄は、先ほどからどくっと脈打つ度、少しずつ獣の形に変化し始めている。ウルスが躊躇っているせいか、その変化は普段よりもゆるやかで、その分鮮明に感じられた。

膨らんでいく瘤に性器の裏側を圧迫され、じんと走った快感に息を乱しながら、アディヤは目の前の白狼に微笑みかける。

「ん……っ、嬉し……、ウルスが僕のこと欲しいって思ってくれて嬉しい、です……」

瘤が膨らみきってしまったらもう、ウルスがすべての精を注ぎ終わるまで繋がりを解くことはできなくなる。だが、今はそうして欲しくてたまらない。

早く大きくなって、あの獣の形になってほしい。

このままいつものように、奥をたくさん突いて愛してほしい。

離さないでほしくて、離したくなくて、やわらかな被毛に覆われた逞しい背にぎゅっとしがみついたアディヤのこめかみに、ウルスが鼻先を押し当ててくる。何度も匂いを確かめつつ、ウルスはアディヤに問いかけてきた。

「本当に……、本当に、大丈夫なのか？　つらくはないのか？」

「ん……、大丈夫、ですから……。いっぱい、いっぱい気持ちよくして、ウルス。僕も、あなたのことが欲しいです……」

少しはにかみながらもそうねだり、愛していますと囁いて自分からくちづけたアディヤに、ウルスが一瞬目を瞠る。

どくんっと大きく脈打ったそれが完全な形になったのを感じ取って、アディヤは艶声を上げた。

「……っ、あああ……！」

「っ、アディヤ……！」

グルルッと荒々しく唸ったウルスが、背中の被毛を逆立て、アディヤの唇を奪う。嵐のように激しくくちづけながら、堪えるように幾度も喉奥で低く唸り声を上げげて、ウルスはじょじょにその興奮をおさめていった。

「ん……、アディヤ……。本当にお前は、どれだけ私を夢中にさせたら気が済むのだ……」

ハア、と熱いため息をついたウルスが、その黄金の瞳を眇めて告げる。

「……動くぞ。きつかったら、すぐに言え」

ちゅ、ちゅ、とアディヤの頬にキスを落としたウルスが、興奮の唸りを押し殺しながら、ゆっくりと腰を揺らし出す。膨らんだ瘤の部分で傷つけることのないよう、深いくちづけを施すように優しく甘く最奥を突くその律動に、アディヤはたちまち瞳を蕩けさせた。

「ん、んん、あ……っ、は、あ、あ……！」

とろとろになった蜜路を雄が擦る度、根元の瘤が前立腺を押し潰し、目も眩むような甘い熱が指先まで駆け抜ける。快感にぷっくりと膨れたそこを、ぬめる熱塊でぐりゅぐりゅと苛《いじ》め抜かれたアディヤは、ウルスの腕の中で譫言《うわごと》のような嬌声《きょうせい》を上げ続けた。

「んん……っ、あっああ、んんっ、そ、こ……っ、そこ……！」

「ん……、ここ、だな……？」

欲情にかすれた声で囁いたウルスが、わざとそこばかりを狙って腰を送り込んでくる。

豊かな尾をゆるやかに揺らし、やわらかな円を描いて奥の蜜溜まりを掻き混ぜるウルスに、アディヤは泣き出しそうな声で喘いだ。

「ああ、あ……っ、ウルス、あん、あっ、ああ、ああ……！」

押し込まれる充溢に悶える度、ウルスがこめかみに押し当てた鼻先でその匂いを嗅ぎ、満足そうに、嬉しそうにグルル……、と低く喉を鳴らす。甘やかすようなその音と振動にすら感じてしまって、アディヤは小さく息を詰め、ぎゅうっとウルスの被毛にしがみついた。

自分が自分でなくなるようで怖いのに、預けている相手がウルスだから、その怖さよりももっと強い喜びが、愛おしさが込み上げてくる。

愛し、愛されていることがただただ幸せで、そう感じるほどに、濃密な快感が止め処なく大きく膨れ上がって。

「は……っ、ウル、ス……っ、ウルス……！」

「ん……、悦い、か？　アディヤ……」

ぬ、ぬっとアディヤの深くを穿ちながら、ウルスが欲情に潤んだ瞳で見つめてくる。アディヤはその巨軀に四肢を絡みつかせ、懸命に頷いた。

「ん、ん……っ、きもち、い……っ、いい……！」

白銀の被毛に覆われた逞しい体は、大きすぎて腕も足もとても回りきらない。揺さぶられる度、するとなめらかな狼の被毛が腕の内側を、腿を、尖りきった胸の先を、全部をくすぐって、その感触だけでもう極めてしまいそうになる。

「んっ、んあ、あ……っ、も……っ、ど……、どうか、なっちゃいそ……」

ふわふわと豊かな被毛に全身を包まれ、どこもかしこも気持ちよくされて、艶めいた吐息と共に思わずそう呟いたアディヤに、ウルスがグルグルと喉を鳴らして囁く。

「私もだ。私も、溶けてしまいそうに心地いい……」

「ん……っ、あっ、んんっ、ウル、ス……、ああっ、んんん……！」

ぐちゅん、とより深くを突いたウルスのそれが、ぐっと一層大きく張りつめ、やわらかな隘路を中から押し広げる。

すっかり獣の雄蕊《ゆうずい》に慣らされ、これが一番気持ちのいいものだと覚え込まされたそこを甘く疼かせ、アディヤは腰を揺すって愛しいその熱に酔いしれた。

「おっき……っ、ああ、んああ……っ、あああっ、おっき、い……！」

淫らな言葉が、喘ぎがとまらなくて、恥ずかしいのに気持ちがよくて。

「す、き……っ、大好き、ウルス……っ、……っ！」

愛おしさと気持ちよさがない交ぜになって、体の奥底から大きな熱が込み上げてくる。

今まで感じたことのないその熱が知らないなにかを連れてきそうで、どうにかなってしまいそうなほど目の前がくらくらと眩んで――、アディヤはきゅうきゅうと雄を締めつけながら、目の前の白銀の狼に必死にしがみついた。

「なん、か……っ、ああ、なんか、来る……っ、変、なっちゃ……っ」

「……アディヤ」

「怖い……っ、ウルス、怖い……！」

すぐそこに頂点が見えているのに、いつもと違って花茎は中途半端にやわらいだままだ。それなのに、際限なく快感は膨らんでいくばかりで、自分ではもうどうすることもできなくて。

未知の快楽に混乱し、身を打ち震わせて怯えるアディヤに、ウルスがグゥウッと低い唸り声を上げる。

濡れた瞳をきつく眇めたウルスは、アディヤに何度もくちづけ、熱い吐息を切らせて告げた。

「……っ、大丈夫だ、アディヤ……！　共に……！」

やわらかな被毛に覆われた大きな手が、アディヤの手に重ねられる。

アディヤは夢中でくちづけに応えながら、力強いその手をぎゅっと握り返し、一気に階《きざはし》を駆け上った。

「も……っ、いっちゃ……っ、いっちゃう……っ、あっあっあ！」

びくびくびくっと全身を震わせ、ついに白花を散らすことなく達したアディヤに、ウルスが背中の被毛を膨らませて唸る。

「……っ、アディヤ……！」

「あ……！　ひあっ、あっ、あああ……！」

力強く脈打った雄茎が、ドッと一気に熱を注ぎ込んでくる。

びゅうっと最奥で打ち跳ねる濃密な精液に頭の芯まで真っ白に染まってしまって、アディヤは襲い来る混乱と法悦《ほうえつ》にほろりと涙を零した。

「あ……、あ、あ……」

押し上げられた絶頂は、常のものとはまるで違っていた。

射精を伴わないせいか、いつまでも快感の波が引いていかず、膨れ上がった熱が身の内で狂おしいほど渦巻き、燃え上がる。

透明な淫液でしとどに濡れた性器は、くたりと力を失っているのに疼き続けていて、指先まで甘い、甘い蜜に浸されているようで。

「んん……っ！」

膨らみきった獣の性器に阻まれた熱い奔流が、ぐじゅううう、と体の奥深くで音を立てて泡立つ。

びゅるびゅると間断《かんだん》なく注がれるその熱が、開かれている隘路のその先までとろとろと滴り落ちてくる感触に、アディヤはたまらずまた極めてしまっていた。

「んっ、ウルス……っ、あ、んんっ、ん―……！」

びくびくっと身を震わせ、二度とも射精せずに達したアディヤに、ウルスがハ……、と熱い息を切らアディヤはふわりと微笑んだ。

恋に落ちたその瞳に、金色の月を宿しながら——。


せて目を細める。

「……アディヤ」

「……っ、ウル、ス……っ」

溢れんばかりの愛を滲ませた声で囁いたウルスに、アディヤはうまく動かない腕で懸命にすがりついた。

アディヤの頬を濡らす快楽の雫を、ウルスがその熱くなめらかな舌で優しく舐め取りながら囁きかけてくる。

「……愛している、アディヤ。私の愛は、お前だけのものだ……」

「は……っ、あ、んん、ウル、ス……」

落ちてきたくちづけに応えながら、アディヤはかすれた声で愛を、……幸せを、紡いだ。

「僕も……、僕の愛も、ウルスのものです」

熱い吐息混じりの小さな囁きに、ウルスがやわらかく目を細める。

月明かりに美しく煌めく白銀の狼を抱きしめて、

後書き

こんにちは、櫛野ゆいです。この度はお手に取って下さりありがとうございます。白狼王シリーズ、三作目となりましたが、いかがでしたでしょうか。第一作の愛嫁の発行が四年前だったのですが、今作もちょうどその四年後のお話になっています。特に合わせたわけではないのですが、二人が結ばれてからそんなに月日が経ったんだなと思うと、感慨深いです。

今回、冒頭でウルスには双子の兄がいたという話が出てきますが、白状しますとこの設定は今までまったく考えていなかった後付けです。なので、私も書きながらアディヤと同じようにびっくりしていました。ウルス、お兄さんがいたんですね……！

そんな新登場のダラスさんですが、こういう兄貴肌なキャラは大好きなので、めちゃくちゃ楽しく書きました！　オッドアイで眼帯とか青の民とか短剣とかいろいろ盛り込んでみましたが、一番好きなのはルトにおいたんと呼ばれるところです。ルトがおいたんに懐くところはもっと書きたかったのですが、そうするとウルスが黙っていなさそうですね。

前作で生まれたルトも、三歳に成長しました。常に獣人姿なのにあまり耳も尻尾も振ってくれないウルスと違って、ルトは感情豊かに耳も尻尾も動かしてくれるので、三巻目にしてようやくケモ耳尻尾の本領発揮です。普通の子供とは違うルトですが、アディヤとウルスの大きな愛に包まれて、健やかに成長していってほしいなと思っています。

成長といえば、今回はアディヤも随分成長したなと感じています。とはいえ、親としてはまだまだこれからですね。愛嫁、恋妻を経て幸妃となった彼ですが、相変わらずウルスにはお膝抱っこに片腕抱っこされています。もう多分これはこの先もずっとだと思います……。

駆け足ですが、お礼を。今回も挿絵をご担当下さいました葛西先生、本当にありがとうございました。成長した美しいアディヤはもちろん、獣人姿と人間姿と二度美味しいウルスとダラス、細部まで刺繍いっぱいの民族衣装姿の可愛いルトと、どの挿絵も嬉しくてなりません。繊細で鮮やかな表紙を三冊並べるのが今から楽しみです。素敵な挿絵をありがとうございました。

ご尽力下さった担当さんも、ありがとうございました。挿絵を入れる場面を決める際、どこの場面でもウルスがアディヤを抱っこしてばかりで……、とのお言葉に爆笑させていただきました。うちの溺愛陛下が本当にすみません。

最後まで読んで下さった方も、本当にありがとうございました。こうして三作目を出せたのは、一作目、二作目をご購読下さり、二人のお話をもっと読みたいとお声を届けて下さった方々のおかげです。少しでもお楽しみいただけていたらと願ってやみません。

それではまた、お目にかかれますように。

櫛野ゆい　拝

◆初出一覧◆
白狼王の幸妃《こうひ》　／書き下ろし

ビーボーイノベルズをお買い上げいただきありがとうございます。
この本を読んでのご意見・ご感想をお待ちしております。

〒162-0825 東京都新宿区神楽坂6-46
ローベル神楽坂ビル4F
株式会社リブレ内 編集部

アンケート受付中
リブレ公式サイト https://libre-inc.co.jp
TOPページの「アンケート」からお入りください。

白狼王の幸妃《こうひ》

2019年6月20日 第1刷発行

著者——櫛野ゆい

発行者——太田歳子

発行所——株式会社リブレ

〒162-0825
東京都新宿区神楽坂6-46ローベル神楽坂ビル
営業 電話03(3235)7405 FAX 03(3235)0342
編集 電話03(3235)0317

印刷所——株式会社光邦

定価はカバーに明記してあります。
乱丁・落丁本はおとりかえいたします。

この書籍の用紙は全て日本製紙株式会社の製品を使用しております。

Printed in Japan
ISBN 978-4-7997-4354-6